放自己一年梦想假

李欣频的奢华极乐之旅

李欣频 著

中信出版社·CHINA**CITIC**PRESS·北京·

目录
Contents

下页照片由北京颐和安缦酒店提供

Foreword

有限的2012，
无限的末日动力学

F o r e w o r d

2012 无限年

　　记得以前我在一本心灵成长书中看到："人生每隔七年就会有一次重大汰换。" 这句话影响我非常深远。我回首自己 21 岁进入广告圈，28 岁出版第一本书——我的广告文案作品集《诚品副作用》，热卖后开启我的作家生涯，35 岁跑去印度闭关，修行日记《做自己的先知》成了我转型为身心灵作家的代表作……所以我在 39 岁时，就已经准备要在 42 岁时好好过人生第六个七年，也刚好是坊间谣传的 "2012 世界末日"。

　　我是个 "悲观主义的乐观行动者" ——我曾经提过，当初我以为 1999 年会是世界末日，于是在 1989～1999 年卯起来旅行，希望自己在 1999 年 29 岁时至少去过 29 个国家。到了 1999 年 12 月 31 日时我真的去了 29 个国家，但这个 "末日" 旅行动力继续维持到了 2012 年，虽然我知道 2012 年 12 月 21 日只是玛雅历 26 000 年周期的结束与开始，绝不可能是末日，但我还是在 2011 年年底将 2012 年设定为 "人生最后一年：不让金钱与时间限制我的梦想"，随心所欲地去

F o r e w o r d

奢华享受：生活、美食、电影、艺术、旅行……我想虚拟体验一下，如果这真的是自己的最后一年，我要怎么把这一年过到此生中极致的巅峰状态？

　　我还记得在 2012 年 1 月 1 日我给自己的关键词，或者可以说是对联——上联：白天是玩家；下联：晚上是觉者；横批：清醒地玩。2012 年对我而言将会是很重要的"末日放空年"，也是我的"奢华极乐之年"。

2012 度日如年

　　旅行是这个世界上少数几件你花越多钱、赚越多快乐的事。为了能顺利圆梦，我几乎完全没有预先订 2012 年的工作计划，让自己尽量"空白"，而且早在几年前就存了一笔旅行生活备用金，所以可以无后顾之忧地说走就走。等到这一年快过去了，在 2013 年前一天，我突然觉得这一年比过去任何一年都长，因为真的是"度日如年"：2012 年的每一天都非常精彩，每一天都像是浓缩一整年精华的 Espresso（浓咖啡），回想起来真是恍如隔世一般，美好得太不真实了！

　　经过这一整年的大胆试验，我更相信自己拥有强大的梦想执行力。所以 2013 年的我宛如脱胎换骨般，更勇敢地去冲刺冒险——如果 2012 年是毛毛虫的末日，那么 2013 年就是蝴蝶的新生，有了翅膀的我，人生版图已经不是 2D 而是 3D 的了。

2012 富裕年

　　虽然 2012 全年没排什么写作计划，但意外接到了《优家画报》每个月四篇旅游专栏文章的写作邀约，于是我既可以每周分享我的旅游心得，又有优渥且固定的稿费可以补贴旅费；加上 2 月突然有灵感在很短的时间内写完《秘密副作用》，在台湾地区半年内畅销重印八次的版税以及慎接几个能快速完成的大型广告案，让我几乎没用到原先的旅行生活备用金——也就是说，当我专注于花钱去享受生活时，我的收入反而更多，表面上看起来这是一件很吊诡的事，但其实里面蕴藏了一个我到现在才发现的"金钱流动之秘密"，这发现也已写进《秘密副作用》里："过去 20 年来，我赚 10 元就存 9 元的习惯都没改过，直到最近两个月，因为想体验'2012 无限年'的感觉，所以刷卡请客或是旅行都没看价钱——结果奇迹发生了，2012 年 3 月 17 日对账时才发现，前两个月花出去的每一大笔开销，各在一周之内都有刚刚好 10 倍其价格的收入（演讲、版税、广告案等收入）进来，也就是：花 1 千就进来 1 万元，花 1 万就进来 10 万，花 10 万就进来 100 万……这大大颠覆了我过去对于金钱的概念，原来我已不必专注在赚钱这件事上（焦虑的振动频率），我只要尽情享受'无设限'花钱的快乐（愉快的振动频率），因为长达 20 年我的收入与支出比例已经定型为 10∶1，所以我每花一个单位，自然就会来十个单位的案源，精准无比，我取名为'等比例花钱自动入账法'。但前提是：1. 你要确信宇宙资源真的是无限的，很多人这部分观念就已被设限了；2. 你正在做你喜欢且擅长的事；3. 你没有因为'担忧不安定的未来'而在固定的公司朝九晚五地上班，如果你是因为担忧而去上班，你的时间全都被固定薪水绑住了，这就是对金钱流很大的设限。"

"旅行"是人生少数能"越花钱越快乐"的事，而这个"快乐"的动能还会再创造更多的作品资源出来，这就是在旅行中可以试验"等比例花钱自动入账法"的原理。

也就是说，我的"不担忧不焦虑"的振动频率，为我带来了意想不到的丰富资源，就像是不怕被支流"开枝散叶"的大河，轻松地流入了更丰沛的大海之中。这让我想到一部非常经典的电影《终极假期》（*Last*

F o r e w o r d

Holiday）：一个百货公司的专柜小姐，因为被误诊为脑癌晚期，所以把所有积蓄都取出来，照自己的心愿去欧洲滑雪、玩降落伞、享受顶级美食、跟主厨学做菜……等到医院跟她更正体检报告，说她身体正常时，她虽然把钱花得差不多了，但是她的人生已经彻底不一样了，她赚回了快乐、自在、自由、自信、自爱以及很多知心朋友……这些足以让她精彩地过下半辈子——很多人都以为自己还有很长的生命，可以继续虚耗在自己不喜欢的事情上面，想把终极梦想都推迟到退休后一次完成，但其实浪费的是自己最宝贵的青春时光与巅峰期的体力。

2012 年，在我非常健康自由的 42 岁这一年，我愿意毫不担忧地想去哪儿就去哪儿，我必须要先学会大胆建立这个具有颠覆性的观念："把钱当成可自由流动的数字，而不是当成自己的固定财产。"于是我在看菜单时只注意自己喜欢吃什么，而不去看价钱；与好友们聚餐时，我一定抢着去付账，因为我知道朋友相聚非常难得，以后用钱也买不到这样的时光，而且朋友之间所激荡出来的心得体悟比餐费更值得……至今真的是"钱越花越多"，这可以说是一个很难用理性逻辑弄明白的"金钱魔法"。我相信你身边如果有那种"从不担心也不计较金钱"的朋友，你会发现他们真的很富裕。

市面上有几本书可以参考：《当和尚遇到钻石》《有钱人和你想的不一样》《你值得过更好的生活》。这些作者都大方分享了他们与众不同的看待金钱的方式。我们的梦想也真的不应该被"金钱障"所设的"资源有限"之幻觉干扰，继续把我们的宝贵青春活力全困在里面。

2012 空白年

久恒辰博在《幸福脑：50 个脑科学实证的幸福习惯》（*Happy Brain*）一

书中提到："在英国，高中毕业后进入大学之前，约有一年的时间不隶属于任何学校，既不是高中生也不是大学生，这段时间可以随意安排，依据自己的意愿从事义工活动、学东西或环游世界，这被称为'空白年'，原本空白年是起源于英国贵族的教育旅行（grand tour），意即为了增广见闻做任何事都可以，到哪儿去都无所谓，总之就是让自己能够放松、感动；就像达尔文在大学毕业后用五年的时间，从 22 岁到 27 岁的五年航海历程，没有任何使命，只是乘着小猎犬号环游世界，但航海途中登上加拉帕戈斯群岛（Galápagos Islands），那里有加拉帕戈斯象龟、海鬣蜥等他从未见过的生物，遇见这些不可思议的生物的感动，便是进化论的起源。"

　　此外，根据香港《星岛日报》报道："全球顶级、荣获米其林三星肯定、连续四年荣登英国饮食权威杂志《餐厅》（*Restaurant*）评选的'全球 100 家最佳餐厅'榜首的西班牙分子料理餐厅（El Bulli）突然宣布停业两年。分子料理餐厅主厨费兰·阿德里亚（Ferran Adria）以身心疲惫为由，将于 2012 及 2013 年休业，其间他将会精心研发新的分子菜式，计划于 2014 年复业。"可见，就算是世界最顶尖的主厨，也深知与其被活活耗干，还不如主动自设"急流勇退的空白年"，让自己的创意库有回充新动力的机会。

　　"空白年"就像是孕育期，身心要全然地放松放空，必须专心无骛地孵育储备创意能量。所以越是在巅峰状态的人，越要懂得在适当的时机急流勇退，保全自己而不是耗干自己。所以自 2012 年之后，我就调整为：一年工作、一年休息旅行充电、一年工作、一年休息旅行充电……这样可以让我后半生至少有一半的时间是在"自我"而非"公众"的状态；但"自我"与"公众"这两个状态缺一不可，就如同王家卫电影《一代宗师》中提到的习武的三阶段："见自己、见天地、见众生。"每隔一年的空白年，就是我"见自己（修行）、见天地（旅行）"的时间，第二年就是"见众生"年，

F o r e w o r d

例如 2013 年我就会密集安排出书计划，借着新书巡讲的机会，把前一年的生命体验跟大家分享，于是我的理想生活与现实之间形成了一个如跳探戈般应对愉悦的节奏与空间——每个人也可以慢慢寻找并调整出与这个世界相处愉快的方式！

2012 狗急跳墙年

俗话说：狗急跳墙。其实这是一句很有意思的话，只有当狗有了生命危机感时，它才会发挥最大潜能与爆发力直接跳跃翻墙，否则它平时在墙内安逸地生活，没有任何离开舒适圈的动力。

其实我们的人生也是如此，一般人大多选择在围墙内安全而规律地过日子，因为对外面未知的世界恐惧而足不出户。电影《黑暗骑士：黎明升起》将"恐惧动力学"诠释得很好：蝙蝠侠可以用绳荡出深井，但他却选择不用绳子，他知道如果这次没成功地跳到井外，那么他只有唯一的结果：摔到井底而死，于是这个"没有退路"的巨大恐惧，就是他最大的勇气与爆发力的源泉——2012 年就是我充分试验并运用了"末日动力学"，发现这动能极大而好用的一年。现在我不再需要"末日"才能"狗急跳墙"，只要随时启动"生与死的核融合（把今天当成是生命最后一天，今天就有动力活到极致）"，我就可以让这一整年天天有跨年烟火般精彩的冒险故事可说！

这本书就是我 2012 以"身"试法（心想事成的魔法）、全年旅行与享乐的试验记录，希望你能逐页淬炼出自己的"末日动能"，祝你旅途愉快！

Chapter_01

台北北投加贺屋温泉之旅

温泉神宴，爱情创世纪

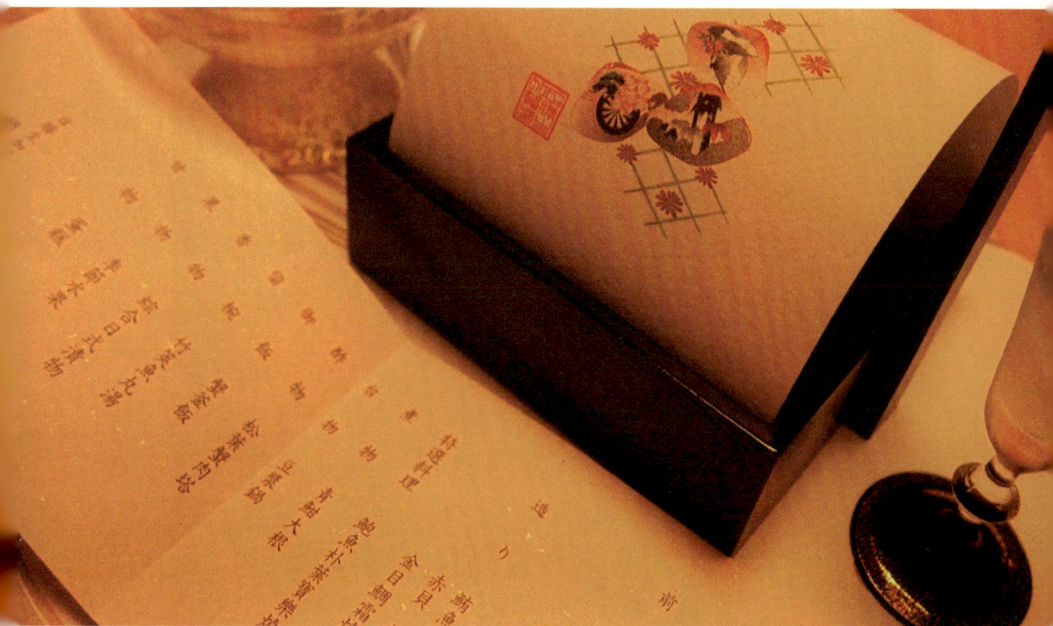

2011 年 12 月 31 日那天，我与男友两人一起看台北 101 大楼的跨年倒数烟火，激动的我们当时就决定放下工作，把时间全都拿来与对方专心相处，整个 2012 年就是我们的蜜月之年，因为相见已中年。

2012 年 1 月初，我们来不及安排出国，于是当下就拿起电话，打到离我家最近的北投加贺屋温泉酒店订了一晚的房间——除了出国旅

行，平常足不出户"宅"在家写作的我，就算离温泉不到 25 分钟的车程，一年也泡不到一次。这次既然决定豁出去了，就直接选了最贵的酒店与最贵的房间，一晚要价将近 15 000 台币（约 3 100 元），比去韩国、新加坡或是香港五天四夜游还贵，但因为我一直耳闻加贺屋的建筑装潢与管家服务都是国际级

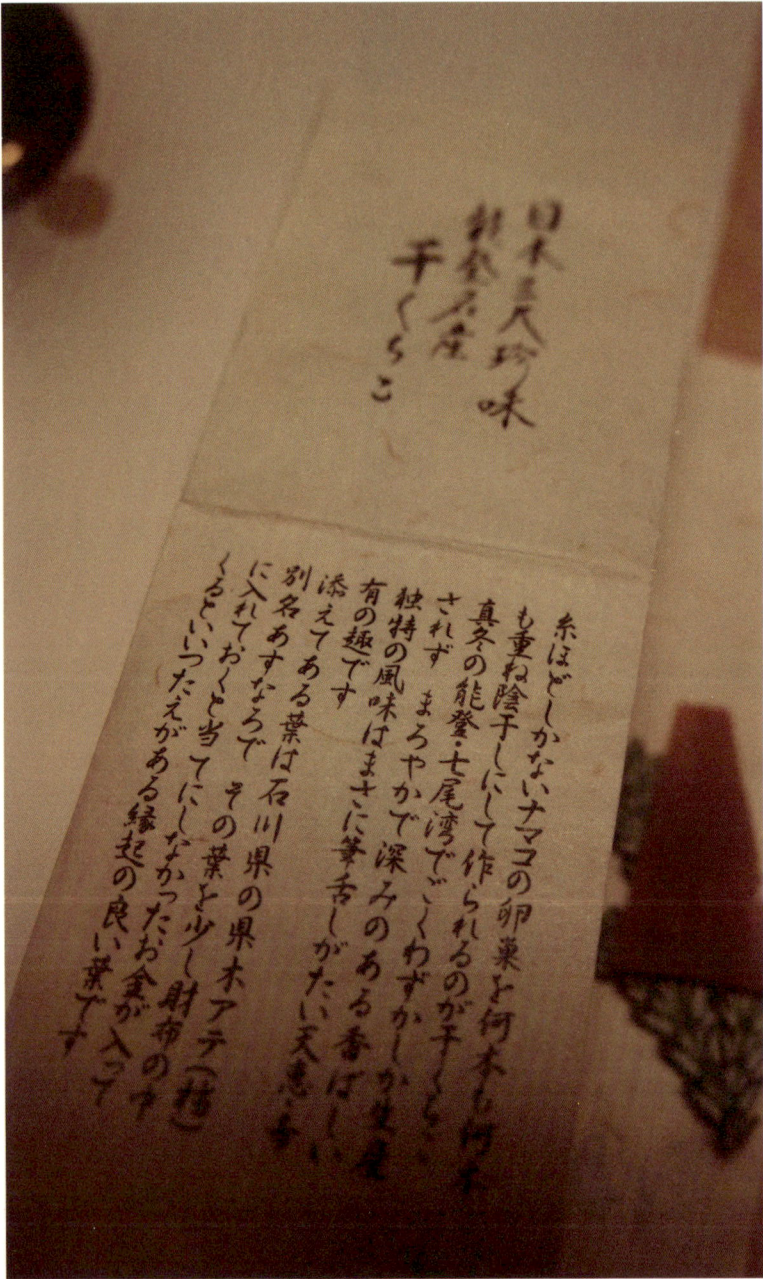

的，所以毫不犹豫地选它作为 2012 年奢华极乐之旅的第一站，最大的好处就是省去坐飞机，在最短的时间内就可以度假——所以建议大家，每周的两天假期一定要让自己完全度假，不工作，不看表，最好是到离家远一点的地方待两天，脱离自己熟悉的地方到陌生地，就算不工作、不思考、只睡觉发呆，也不要有罪恶感！

因为这趟是我们俩第一次旅行，所以我很慎重地打包了两人一天的行李，还准备了几盒新鲜水果、零食、檀香、蜡烛、音乐、电影光盘……仿佛两人要出远门私奔似的，能想到的家当都在里面了，毕竟这是我们俩认识七天以来第一次一起离家外宿，所以我就充分发挥了"狮子座女人强大的照顾本能"，把这一天尽我所能安排得淋漓尽致。

一到北投加贺屋温泉酒店，我就被一整列鞠 90 度躬的女服务员们折服了，瞬间自己变成了只需发号施令的豪宅主人。在柜台办理入住手续后，酒店派给我们一位女管家，她拿着我们的钥匙，引领我们穿过有京都那种禅意的廊道，走进透明的、能俯瞰全酒店中空大厅的电梯，进到我们的私人房间里。像是走进桃花源深处的异次元时空中，沿途浓浓的温泉与榻榻米气味充满了我的整个感官，我开始一层又一层地自动剥落原来的身份个性，所有细胞都卸下了防备，人也就自然而然地微笑放松——原来充满芬多精香气的空间，对一个人灵魂的影响竟是如此迅速彻底。

进房听完专属管家的详细介绍后，我们兴奋得像是刚买下温泉豪宅的小情侣，东看看、西摸摸。我打开小行李把衣服挂上、东西放好，从心底把这空间当成是我们"今天"的家。管家还帮我们把从外面买的水果拿去厨房洗好，做成美丽的水果拼盘——才几分钟的时间，就受到如此礼遇，我们很幸福，虽然心里明白这一切都是钱换来的，但这几小时美好的两人时光，真的是以后用再多钱也买不到的。

等管家离开，我们俩迫不及待奢侈地把温泉注满了"私人汤屋"，边"泡汤"边望着窗外微雨中的翠山，这里瞬间变成了现实边境最梦幻的遗世独立，舒服得让人不想离开这"空间不大、但幸福无限宽广"的极乐之地，这也是此刻我心甘情愿留在地球的最难舍的"情感地基线"。温泉池边有热茶、水果与精巧的和果子，就是两人不说话也能品尝安静的默契，这就是所谓的"品时"生活艺术。因为只有停下匆忙脚步的人，才能享受每分每秒的真正滋味。相较以前追着记事本与进度表的繁忙日子，生命时间都被慌乱的心绪给磨光了，连片刻都留不下来，可以说是

白白浪费掉了，我不禁反问自己：家离温泉这么近，以前为何就懒得出门享受生活？不到半小时车程，随时都可以来偷闲，也不至于远到产生"不工作就很不负责任"的罪恶感。所以联华电子总经理吴宏仁说的"你的时间在哪里，成就就在哪里"，我在此刻顿悟。

　　泡完温泉小睡片刻后，不必脱掉身上温暖舒服的浴袍到餐厅，管家就会照我们刚入房的点餐，送上华美的晚膳——她先递上一张以书法纸包覆的专属菜谱，接着上一小杯酸甜开胃的柚子蜂蜜酒、一小碟冰细滑顺的胡麻豆腐、一个承载着鲜螺、甜虾、鲑鱼、乌鱼子……美如艺术精品的前菜篮，每一道我都在心里惊声尖叫了好几秒（管家在旁边，我得保持矜持），美到完全舍不得动筷去破坏它，但之后又被色香味诱惑到狼吞虎咽，忘了要注意吃相，兽袭神宴般，天人交战！

　　接着上了鲔鱼、赤贝、牡丹虾、金目鲷，配上一球新鲜现磨的绿芥末，厚实红透的鲔鱼上还佐着一朵盛开的小黄菊，海洋盛世就在眼前。为了顾全整体视觉，我得克制自己几秒钟，先拿起相机选个角度，把即将因自己口欲而消逝的美先拍下来，再以味蕾征服之——我既是鉴赏美的艺术家，也是饥渴的饕客，专注痴迷的我差点儿忘了男友还在身边。

　　接下来的重头戏是：鲜脆的鲍鱼、味道浓郁的豆浆锅、入口即化的青魽、很有层次蟹肉塔、每口都有惊喜的蟹釜饭……这些美好到像是拿来贡神的极品美食。我们俩在最甜蜜的两小时，把一整桌的海陆文明全消化进了身体里；这是我与男友在2012年建立的第一个美味记忆文件，也开启了我们俩一整年的爱情盛世。这绝对是我们最难忘、只有我们俩的晚宴，接下来还有一整年可以继续累积我们俩共同的味蕾记忆——人生最幸福的状态，就是知道此刻之后，未来还有时间可以持续现在的幸福，这种幸福逼近永恒，所以还多了安全感。

　　我们真的吃撑了，于是等水果甜点来结束我们超负荷的贪婪。我

　　喜欢每道菜都是迷你分量的，让我可以集中焦点好好端详，想象这些食材在土地或海洋中的生命原貌、想它们到眼前精美华宴的漫长旅程，就像是岩炭形成钻石的过程。以前我总是边吃饭边看报纸或是手机，从没好好专心用餐；当我忽视每一种即将进入我身体的食物，我的肠胃自然就无法好好消化它们，我与食物的能量没有联结，久了我就会失去生命力——这一顿晚餐让我反省过去真的没有好好对待自己。从现在起，我要以恋爱的心情吃饭：先爱上眼前的食物、想象它们的由来与旅程，然后感谢它们千里迢迢来补给我的生命动能，最后谢谢自己的身体因为这一顿饭从此变得不一样了……我与地球万物重新联结，我才能有源源不绝的活力，继续享受与大自然共同创造的过程。

　　等华宴退去，管家离开，我们又回到了两人独处的时光。深谙茶道的男友泡了一壶陈年普洱，沉寂了近百年的茶魂重新苏醒，暖香进了我们的身体流域，让才相识一周的我们瞬间连上了大自然与土地的百年史，让一见钟情瞬间有了历史的重量。

仰望朦胧星月，点上整排蜡烛，我在烛窗台上放了从墨西哥带回来的"大地之神"，与男友并肩打坐。窗里窗外整个天下只剩我们，安静地享受灵魂伴侣久别重逢的感动——其实过去每一次的祈祷，上天都有听见，只要信任生命、信任爱，最终一定会有这么一天，自己与已应许的愿望完美合一，让过去正在许愿的自己，羡慕现在已经如愿的我。

入睡前我们俩又进了私人汤屋，以温泉暖和身体后再一起入梦。睡前我很感谢缘分之美，在茫茫人海中有一个人能专心陪我，在2012空白年一起创造奢华浪漫的生命版本，原来幸福已经不知不觉变成了现在进行时，今天就是我们的爱情创世纪。

带着美好的频率入睡，醒来就直接进入最美好的早宴：极简的自助早餐吧摆满了热热的温泉蛋、新鲜的生鱼片、柱状的蔬菜沙拉……窗外绿树正在生动地摇曳着，仿佛自己是幽住在山林间的贤人雅士，用一首诗就能交换这样的自然奢华。排场浩大的早餐，像是特聘渔夫与农夫为我们用心采集并制作的今天的第一顿食物，新的人生从这一餐开始翻开

幸福的扉页，之前的一切都可以一笔勾销。

美好的早宴之后不再是匆忙的会议与工作，我们俩悠闲地散步之后，回到房间，再度把自己的身心灵泡在39度的温泉里，继续享受早晨的山林风光。原来我们在一起的生命时间，就是我们能给对方的最大的爱。身在温泉池中俯瞰窗外楼下小如模型的人、车、建筑，这高度就是神的海拔，任谁都不想下凡！

从我们入住到退房不到24小时，而这一天特别缓慢特别长，长到可以回味一辈子。

Chapter_02

台中清美日本料理+日出大地美食之旅

每个月两天奢侈造梦假

清美日本割烹料理

　　我在《旅行创意学》一书中提到："关于旅行，很多人都有这样的心声：以前年轻的时候，有闲没钱；等到开始工作，有钱没闲；等到以后有钱也有闲时，却已经没体力了。"人生最麻烦的一件事就是：没有人知道自己会活到哪年哪月哪日，否则就可以把自己赚的钱在死前那一刻花完，以免祸害子孙争家产。而生命好玩就在于：没人知道自己何时"挂掉"，所以拼命赚钱或是节俭度日，怕自己活太长钱不够花；但也有人赚多少花多少甚至举债度日，像是没有明天、超支未来般地实时行乐——人生总得到最后一刻结算后，才知道自己是赚还是赔，所以我在思考，究竟有没有既够本又安全的生活方式呢？

　　这就是我在《秘密副作用》一书中提到的"把现状过到非常非常接近你要的梦想状态"这个概念："每个月至少给自己放两天的奢侈假，来作为'梦想操练日'。除了中长期旅行假期之外，每个月无论再怎么忙，至少都要排出两天度假，这两天可以奢侈地吃自己最想要品尝的餐

厅，住最想睡到自然醒的民宿或是温泉酒店，放掉罪恶感与责任感，这两天要像是末日奢华般地溺爱自己，完全不看价钱地享受无限制的生命特权，我把这两天视为'未来美好生活的演练场'，我所到的美好之地，就是我借景来造梦的参考……我们想要的生活，现在就把它实践出来，而不是贴在愿景板上成为退休后的遥远大梦！"

2012年2月，我的"未来美好生活的演练场"就选在台中，主要是我得去台中演讲两小时，主办方付了机票与住宿费用，我就顺便约了闺密一起去台中度假两天。我事先预定了清美日本割烹料理，因为上次看到电视上介绍时就很心动，想看看在高楼林立的巷子里，如何创造出这么一个迷你版的日式桃花源。

　　这家日本料理店的缘起很特别：建筑公司老板陈明仁很欣赏日本料理主厨林浩铭的手艺，于是特别请来与安藤忠雄、伊东丰雄齐名的日本国宝级建筑师高松伸（Shin Takamatsu），精心打造了这家 165 平方米左右、有 26 个座位的日本料理店，光土地与建筑费用就花了 4 000 万台币（约 829 万元）。陈明仁还想以这家店来纪念自己的父亲"秀清"、母亲"贵美"，店里面也收藏了不少博物馆级的古董艺术品。我不只专程来享受美食，也是为了来这个私家艺术空间朝圣！

　　这里没有菜单，只有价位不一的套餐，我们只需告诉主厨选择的价位以及不吃什么，之后一切就交由他，让他来给我们惊喜。趁还没上菜，我迅速参观了一楼的空间：刻着各种鱼的名称的木牌就在墙上，像是一种精工排版印刷，把当日的新鲜鱼货都印成了"本日首印版"。然后我又溜上去看了二楼的空间，还跑去庭院拍了几张照片：原木与钢条错落，构成既古朴又现代的超现实空间；门口的红灯笼、院内的劲松、一只百年铁壶、潺潺流水与细白沙相拥的日本料亭建筑，让我错以为自

己身在京都神社之中——很难想象，这么小的两层楼建筑却处处充满巧思带来的惊喜，牛刀小试也还是能看出大师的功力。

回到料理台前的座位，接下来每一道菜都是独一无二的惊喜：细嫩的红烧喜知次鱼、金目鲷握寿司、水针刺身、基隆港现流明虾素烧、鲜蟹沙拉、鱼肝豆腐、鳗鱼蒸蛋、鲜蚵汤、手工香蕉蛋糕……十多道奢华美学，每一口都达到滋味无止境的层次。跟着主厨上菜的速度，我的人生瞬间飘浮在一种极乐禅的流动之中——生命如此美好，这就是主厨静默的开示；每一道端在我们眼前的，都是要让我们用心体悟的"道"。

建筑空间是永恒之美，料理台上的料理则是瞬间之美。等到品尝完最后一道手工蛋糕，甜蜜的口感把我彻底变成了一个有甜度的人，放回苦涩的世界里我也能自得其乐，自娱娱人——这是非常有感官感染力的美术馆，也是每分每秒都生动的美食橱窗。

我的整个二月就被这幸福给占领了——奢华造梦时，"已是梦中梦，更逢身外身"！（注："已是梦中梦，更逢身外身"，引自唐朝澹交的诗。）

台中"日出·大地"糕饼店

我已经忘了何时知道"日出·大地"这家店，只记得我第一次吃到他们的玫瑰白酒奶酪蛋糕时就整个被吓醒了，这简直是诱人犯"醉"的甜品啊。后来又陆续吃过紫色熏衣、绿茶山药等口味。如果你想知道什么是花盛开在味蕾上的滋味，试一口就知道。

我喜欢他们的店，除了有非常有机健康、当季且有创意的蛋糕和各类糕饼、茶、咖啡、冰激凌、巧克力、凤梨酥之外，包装更是一绝：以古典又具台式创意的风格，为每件产品披上华丽又有文学气质的衣装，走进他们的店会以为自己不小心进了书店。包装上面的文案更是幽默隽永，我经常买了一堆，只是为了收藏系列包装，像是迷恋某一位作家的女粉丝，买来的全都是冲动。现在他们更改装了一家日据时代的"宫原眼科"，作为冰激凌与珍珠奶茶店，里面就是一整个挑高的图书馆的书卷气息，待在里面光是仰望就觉得很壮观！

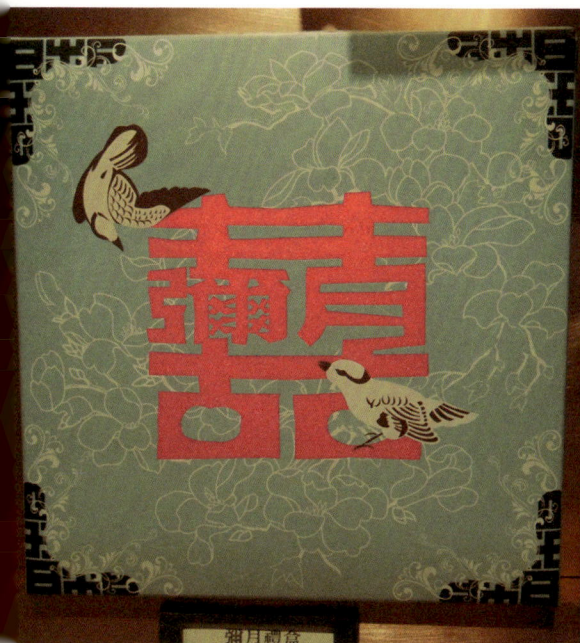

在坐高铁回台北的路上，沿途夕阳如太空飞船般在车窗边如影随形，我发现：其实旅行不在于走多远，而在于心有多自由。所以我每年给自己的"幸福最低消费额度"就是：买一盒"日出·大地"的玫瑰白酒奶酪蛋糕——原来幸福是可以传染的，透过用心、透过手工、透过创意、透过一张细细品尝的嘴，就能完成一场圆满的食物恋！

3月

C h a p t e r _ 0 3

日本屋久岛海底金字塔灵性之旅

神宫神木与海底金字塔

传说中的亚特兰蒂斯海底金字塔
就在冲绳与那国岛

　　在去过埃及金字塔、墨西哥金字塔之后，我就彻底变成了一个"金字塔迷"，凡听到哪里还有金字塔，就会将其列为旅行清单的第一优先。当我听好友 Yantara 说日本冲绳与那国岛海底有岩石古城与金字塔遗迹，便上网一查，果然看到了"ETtoday 新闻云"上的相关报道："琉球大学海洋地质学家木村政昭，亲自潜到海底发现了石砌建筑、柱穴、灵石、人头雕像、拱门、几何图形的海龟，甚至发现了刻在石墙上的象形文字，而建筑群中最大的是一座五层楼高的阶梯金字塔，他认为这海底遗迹就是另一座·亚特兰蒂斯（即古希腊哲学家柏拉图在《对话录》中提到的一夕

消失的古文明所在地）'；但波士顿大学地质学教授斯科奇认为这些遗迹是自然形成的。"因为我当时正在研究与亚特兰蒂斯相关的书与影片，所以想亲眼目睹是否为真，于是二话不说马上报名参加了他的团——这是我 2012 年第一次出国，因此特别兴奋。

因为男友手边还有事，无法陪我去，所以这次是我一个人飞到日本东京羽田机场与 Yantara 会合，然后我们再一起坐电车到旅馆与其他团员碰面。距离上次我去日本已经五年了，这趟来还是对他们的海报、广告、商品、橱窗设计充满了兴趣。我也开始转换时差、视觉、听觉、口味，因为这回将在日本待 11 天，旅行真是"汰换"自己的最快的方式。

明治神宫的神木与殿堂

在东京狭小的饭店房间睡了一晚，隔天清早大家一起搭地铁去明治神宫。七年前自己曾与好友到此自助游，当时我边逛边与好友聊天，根本没有留心身边的一草一木，所以至今没有任何印象。七年后虽然跟着团，但因为有专人导览，Yantara 也随时带领我们就地静心，我才算第一次认真倾听这个地方的历史故事、欣赏林荫光影之美——参加专家导览的旅行团的好处就在于：导游把过去你错过的百年精彩一次性告诉你，而且你可以"直接借用"他已经导览过无数次的眼睛来看世界，这是让旅行最快拥有深度与广度的方法！

明治神宫就在东京市中心，有除了皇居之外的最大面积的森林。让人佩服的是，这片森林并非是天然形成的，而是从韩国、日本、中国台湾各地找来了 365 种 12 万株树木，种植繁衍至今，形成了 247 种 17 万株的规模，在栽种时还画了繁衍规划图，预想了这里 50 年、100 年、150 年后会变成怎样的光景——这概念很让人兴奋，因为我在《14 堂人

生创意课》里写过"怎么画人生蓝图":就是以自己为例,预想自己未来理想的一天是什么样子,然后对照自己现在的一天,看看有什么差别,这落差就是自己当下要调整的地方、繁衍的方向。

　　当初,筹建明治神宫的人看的是 50 年、100 年、150 年后,果然对后代有着长远的影响。想象一下,如果自己现在手上也有一块空地,你希望这块地在 50 年后、100 年后、150 年后的风景样貌如何? 如果我们现在就开始种植树苗,以后这一大片森林和新鲜氧气会怎么益于后代,可以影响多少人? 如果每一个城市规划者都有这种远见,那么城市将不会再有污染,以后的居住者比现在更健康快乐。

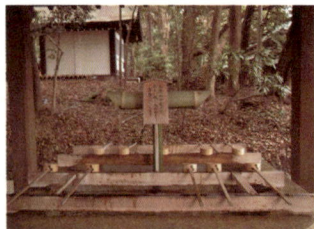

　　日本明治天皇是 1912 年过世的,到 2012 年刚好满百年。很多日本的爷爷奶奶、爸爸妈妈会带身着和服的孩子或是刚满月的婴儿来这里祈福。我

们也不例外，虽然我们来自中国，中日之间近百年的矛盾冲突、战争仇恨至今仍未完全停歇，但我们真心希望一切都是以最高智慧、两国和平、相互尊重来解决歧见，就如同树与树之间，从不分国界、领地、领空，都能和平共存上千年，这就是大自然的智慧。因此我们一行人进了大殿祈福，当工作人员问我们祈福的主题是健康、财富、功名、家庭还是世界和平时，我们毫不犹豫地选择了"世界和平"。我们安坐在台下，随着身着和服的祭祀官引导的优雅而优美的仪式，让自己的心缓慢地静了下来；祭台上无神像，我们礼敬的是自己的神性，敬己之庄严——平

时的我们，都失去了这种全场安静、与天地交神交心的生命质量。我终于顿悟到：只有自己的内在先"和平"了，世界才会和平。

我们漫步于原木色的神殿、高耸入天的巨木之下、两旁青翠的绿荫

道……每到一个能量特别的区域，就会恭敬地地礼拜眼前的大自然，把不要的、旧而沉重的能量留在原地，等自己身心净空之后再进入。踏进这区域第一步时伴随着大口呼吸，作为自己在这两种不同的次元空间"身心灵转换"的仪式，特别是在神宫的广场中间，因为望向四周都看不到其他建筑，所以纯净的天际线让我们可以专注地观想：有巨大而隐形的宇宙生命之花能量在里面形成，我们可以透过自己意识的扩展，体会到大自然与人之间是可以彼此敬重、相依、和谐而美的。

穿过小茅堂走到了南池畔，象征我们的新生命就此开始。观想眼前整池的水联结到我的肚脐丹田，把整个能量引到身体比较不舒服的地方来做疗愈，就像帮自己再度引进大地母胎的羊水，回春自己的身心。Yantara 要我们想象：如果一个宇宙月光智慧档案就藏在湖底，我们要怎么与之共振共创？我闭眼仰望着太阳，让日照帮我的心灵做一场光之洗礼，也以光为我的身体充饱——等我低头张开双眼，眼前整个世界乍然变成了金黄一片。我终于知道为什么生活在城市里的人急躁沮丧忧郁

了，因为他们跟大自然的光源鲜氧切断联结太久，就像花瓶里的花，没有土地与流动的风水，花谢之后就无法再开启新的生命循环。我悟到"水低下而映高山"，就像大海不需要再为它加入水，反而有很多水自动流向它；同理可证：当我们自给自足不再需要任何人给我们任何东西（包括爱、金钱等）时，爱、金钱反而会流向我们自有的"富裕之海"，这也就是当我们离"人造问题"越远，离本源的答案就越近的原理。

　　树高大近天，所以人恭敬。英国作家阿兰·德波顿在《旅行的艺术》一书中提到："罗斯金认为，绘画能教我们看这个世界：是细看而非只是随便瞧瞧。在用手重新创造出眼前景物的过程中，我们似乎自然而然从对美的观察渐渐深入美的构成，更加深了美的记忆。如果我们在一地停下脚步，凝视这个地方的风景，时间约是完成一幅素描作品的程度，就可以了解我们平常是多么粗率。要画出一棵树，至少得专注个十分钟，但就过往行人而言，即使是最美的树，也很少教人驻足一分钟。"

　　我在这些巨木前面，让自己不仅以画一幅素描作品的速度来端详

一棵树，有时会以"快转"的方式观想这棵树从一颗种子到现在的漫长过程——它们活得比我们久，保有伫立在多变大自然中的不变的神性意志。当我倚在树干上与它们一起呼吸时，我仿佛也长出根来与大地联结，土地也跟着我的心跳一起脉动，接着我长出了枝叶与其他的树联网、与它们的根交缠、一起相望上天，于是我突然有了天不怕地不怕的胆量，因为我的有限之身与无穷的宇宙合一了，原来到森林里就是扩充自己意识与意志最根本的方法，这里也是让身体恢复自然元气的最佳疗愈场，这让我想到《生命尽头，谁将为你哭泣》（*Who Will Cry When You Die*）书中的一段话："不要忙到没时间停下来倾听自己的内心。不要忙到没时间停下来照顾自己的健康。不要忙到没时间停下来感谢该感谢的人。罗宾·夏尔马说：不要说你没有时间静默独处、运动、休息，难道你开车会开

到没时间去加油吗？等你没油了，还不是得停下来。"

等我们在精神上享受完芬多精的"圣宴"之后，肉体上就去餐厅的真实飨宴索求口欲上的满足。光在门口看菜单就已经非常兴奋了，我点好餐，等候的同时还在旁边商店买了一些纪念品：御神酒、粉红双狮、粉红和服，还帮男友也买了一件古典的宝蓝色和服……真是天上人间，满载而归！

飞抵与那国岛，专程去看海底遗迹

这次日本行主要是为了海底金字塔，所以有些团员是特别练了潜水才来的。我呢？因为以前高中时曾在海里溺过水，对海有一种莫名的恐惧，所以连游泳也不愿意学，更别说潜水了。还好有玻璃船底，可以让我近距离看到金字塔遗迹。

清晨五点我们从东京市区搭地铁到羽田机场，飞到冲绳的那霸机场再转飞与那国岛……我很喜欢坐飞机，特别是一天要转好几趟飞机的那

种行程，我不仅不嫌累，而且还特别兴奋，因为我感觉自己每搭一次飞机，从地面升空之后，就能把旧个性、旧生活、旧命运的"旧皮"蜕在旧陆地上；每一次飞上云端，就像是蛇有了翅膀变成飞龙——因为我生日当天对应的玛雅卓金历的符号就是"红蛇"，它有着极大的适应力与生存力，所以在飞机上我都会选择坐在窗边，可以在还没着陆前就先看到目的地的全貌。

到了饭店，我的第一件事就是问是否有网络、网络需不需要密码，然后再看插头够不够、需不需要再跟服务人员借插线板，还火速看了一下是否有热水壶与吹风机，然后询问餐厅在哪儿……我以前在演讲时说过，在旅行时经常换饭店是创意人很棒的应变练习：如何在最短时间内了解并适应环境，就是我让自己锻炼"弹性人格"的最好机会。

稍微休息一下后，大伙就搭了小巴士到港边，上了一艘船，直接驶入海底金字塔海域。船绕过了日本最西边的海岸，我们迎着海风，看着岸边群居的野鸟，原来在城市之外，地球之大，可以容纳无数的生物

繁衍，离开了斑马线、红绿灯、大楼围墙与保安戒备，人就恢复了天赋自由。

绝大部分团员都紧张地换上了潜水装备，只有我还悠闲地拿着相机猛拍不停。途中船长在较安全的海域停下船，让要下水的团员先练习一下潜水，没问题了才让船继续往前行驶，到金字塔区再放他们正式潜水。越靠近金字塔区我头越晕，不少团员也有类似的反应，我们只好将其归为"金字塔能量"的影响。我调适的方式就是：不与晃动的能量对抗，要与当下的状态合一，与之一起快乐地摆荡，当我也变成了摆动的一部分，我就不会头晕想吐了，这不就是"活在当下"的最好的练习机会吗？

四位英勇的团员下水了，我则在船上闭眼感觉并联结这股陌生但强大的能量。等四位团员上来时，一位脚流血了，还有一位流鼻血且严重耳鸣，可见潜水还是一件冒险的事。船长说可能是因为暖身与练习不够，但体验过了在金字塔区潜水，有了这种独特经验，他们还是很开心。我想将来若要挑战自己的胆量，第一件事就是学游泳、练潜水。

　　越到傍晚海风就越冷，自己就缩回了船舱，透过玻璃窗继续跟海的能量联结：想象自己就是无边无际的大海，可以平静也可以波涛汹涌，大地板块怎么移动，我的海平面就怎么调整。等到船返岸后，人心都只有一个方向：到温暖的餐厅好好喝点儿热清酒或是热汤回温。虽然我今天还没亲眼看到海底金字塔长什么样子，但明天就会搭玻璃船再度前往，这样就不必冒生命危险接近金字塔了。

趴在玻璃船底看海底金字塔

其实住在海边的饭店很舒服，因为整个大海就是心灵的出口，不像住在城市里，被高楼夹击的困境让人看不到天也看不到日月星辰，心情要开朗也很难。

我们住的饭店有个销售部，里面卖的几乎都是当地特产，例如：与那国岛的手工肥皂——要看一个城市有没有创意文化，就看他们的商店卖的是当地才有的特产还是在任何一个城市都能买得到的品牌。与那国岛就是"活"的文化产地，我们在所有的商店里看到的都是当地特产或是手工艺品：衣服、背袋、酒、渔业产品……连包装都很有当地的"脾气"。虽然我家里已经堆满了还没用的手工皂，但我还是忍不住买几块回家作纪念，准备送给家人与好友，分享我在与那国岛闻到的海的气息。

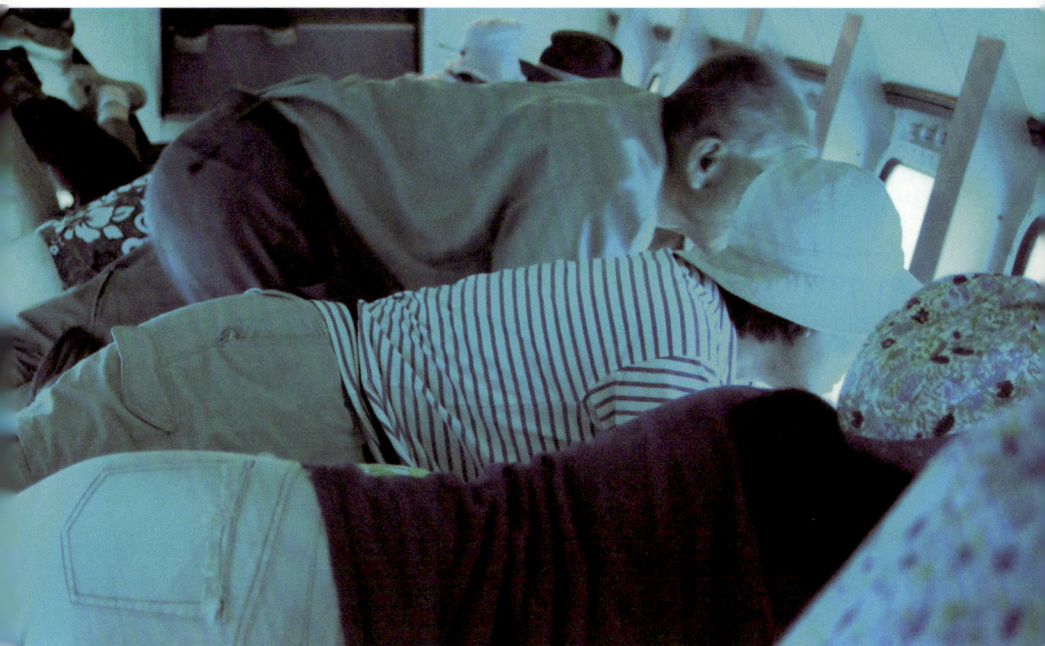

　　早上十一点多，我们再度到港边，这次搭的是有玻璃舱底的船。我很喜欢坐船，因为能在孕育当地文明的江河或是湖海之上，以想象力重新虚拟创建文明，这旅程很过瘾，就像我在雅鲁藏布江上虚拟想象藏传佛教的起源、在亚马孙河上虚拟想象玛雅王国、在恒河虚拟想象印度文明、在尼罗河上想象埃及王朝……这次不是坐船游河，而是直抵定点俯瞰一座上个文明纪的古城，所以很特别。

　　在船上，我会把自己想象成懂得运用地水火风能量的"哈利·波特"，迎着风，跟风联结沟通无碍的力量；享受海沿着船舷泼起的泡沫浪花，与水联结柔情但刚强的力量。到了定点船继续绕行，所有人早就趴在玻璃船舱底等着目睹遗迹了。

　　海底古城的面积很大，我们很轻易地看到许多笔直裁切的岩片，还有等比例的阶梯岩块以及一些笔直的沟缝，乍看之下，觉得应该不可能是天然形成的，所以我就开始想：这里曾经展现过怎样的文明风貌？曾经住过哪些人？他们的服饰、祭典、节庆、音乐、食物、居所、生活应

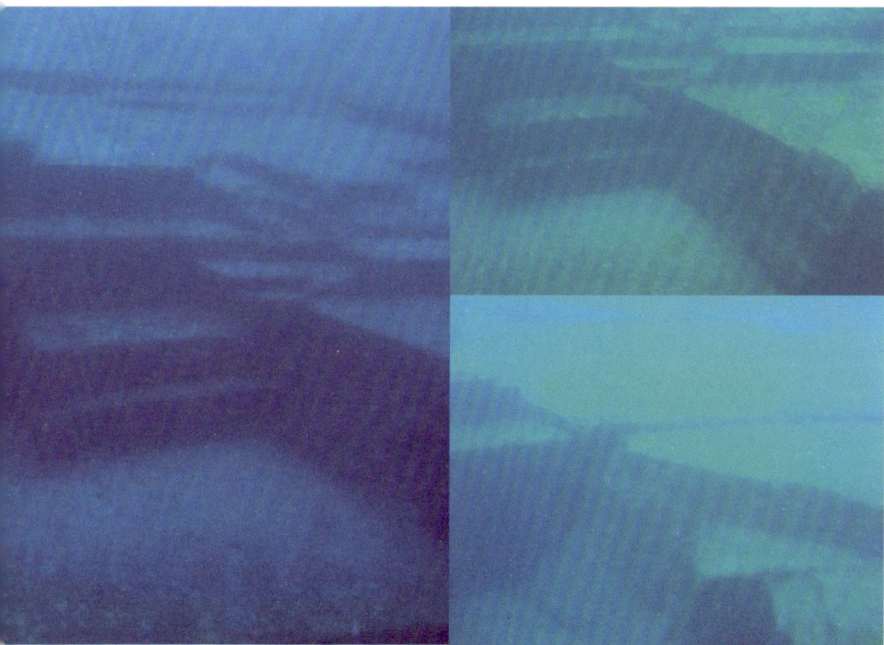

该是怎样的？如果我要继承现在这一大座海底古城，我该保留哪些传统
文明，然后再新添哪些现代的科技概念？

　　船绕行整个古城区之后开始往回航行，越离开海底古城，我们看到
的鱼群就越多，不时可以看到许多发出银蓝光的庞大鱼群瞬间出现在我
们面前，于是船舱底部的惊呼声此起彼落——我突然顿悟到：在广大的
海底没有国界，鱼想去哪儿就去哪儿，不必办签证或是买船票，所以鱼
不需要拥有自己的房产，因为整个海洋都是它的，只要它游到那儿，那
里就是它的家，完全不必经过谁的批准；但人类很可怜，去哪儿都要被
审核，需要签证、机票、出关、入关，不能自由进出每一块土地，所有
的陆海空都已经被划分了，想要自由，就得花时间、花钱买机票、办签
证、买房或是租房子……人没有鱼自由！所以我在广大而美的海底，重
拾了作为地球公民的天赋的自由特权，等上岸了，就又要回到规范国界
框架法律之中，人身难自由，所以我们要有想象力。

　　回到酒店用完午餐、睡了午觉后，Yantara 带着水晶钵，我们再度

搭上小巴士到夕阳下的海边去静心。我很喜欢海，坐在沙滩上望着海天一线，我总觉得那就是世界尽头了，那种感觉很诡异，自己与世界的尽头永远只隔着几步路，仿佛那条边界就是电影《楚门的世界》中的布景墙，而我在人间布景里继续扮演着我的角色，还没离开。

当 Yantara 轻敲着水晶钵，以清亮的吟唱带着我们闭眼感觉阳光、风、浪这一切时，黄昏的余温透过阳光，从我头顶的顶轮直灌入我全身的每一脉轮，我感觉自己正舒适地漂浮沐浴在金色光海之上，我突然领悟到"有限身体、无限灵魂意识"是什么状态，就像这些有限的水晶钵发出的无限量音域，如同有限的钢琴键能弹出无限的曲子……以有限展演无限，这就是我们在地球上最精彩的成就。

静心走得越深，灵魂就越自由。起初身体会像陀螺般旋转，到后来就整个大止息了，就像金字塔般如如不动，从此不再受外在影响。因为阳光持续加持加温，所以我仍晕醉在金色暖光之中，舒服到不想起身，直到醒铃响了，我一睁眼，瞬间感觉自己就是整片的大海与天空，我失

去了边界，于是我的辽阔就是我的自由。当夕阳即将消逝，金色彩光直射向天地山海也射向我们，此时我听到的唯一的内在声音就来自蓝色的浪，心细微到连颜色形状都能感觉得到。Yantara 说："人生如浪，有的浪先到，有的浪后到，但到岸之后就都融合成一体，不再分先后，无须竞争，所以和谐——我们从此不必羡慕也不必忌妒任何人，因为到最后，大家都将回到混沌初始，就无法分辨出谁是谁的了。"

结束完静心，我们到一个名为"女酋长居酒屋"的地方，饿着肚子叫了满满一桌的海鲜。我们这个团里有新加坡人、马来西亚人、日本人……有的会说日文，有的会说英文，有的会说普通话，有的会说广东话，虽然全桌英中日文夹杂，但大家的沟通还是顺畅无比，聊得很开心且笑声不断，这就是无界限的人类意识。

酒足饭饱之后，我一回到饭店倒头就睡。身体很累，灵魂也迫不及待回到源头，舒服地入睡了。

在马场领悟到自我价值

今早起来去马场练习骑马。旅行团原本安排大家骑马涉水，但因为水太冰怕伤到马匹，所以改在马场里骑马。

2011 年我在不丹上虎穴寺时已经有了骑马两小时的经验，这次的马迷你许多，所以不会害怕。驯马师教了我们几个口令与拉绳方式，让我们瞬间学会了怎么跟马沟通，于是大家都很放心也很开心地绕场骑玩了一下，所有人都仿佛回到了童年。

旁边的马槽里一匹刚出生

三天的小马引得我们围观，不过真正吸引我注意的是旁边两匹马在彼此抢食（明明木槽里还有很多稻草啊），我觉得匪夷所思的是：马没有被绳链拴住，其实可以转身离开马场，外面多的是鲜草，漫山遍野，但为何它们却被制约了，紧靠在一起抢夺眼前的食物呢？等我们离开马场，我看见路边有几匹野生的马，无绳也无人看管，它们自由地在山坡草地上吃草，根本不必与谁抢食。马场里的马与野生的马都没有绳链，前者以为食物只有马场主人才能供给，后者则相信大自然能供应给它们无限量的粮草，它们眼中世界的丰盛感与自由度天差地别——人也是分为两种：有一种人比较没有安全感，让自己在公司体制内上班，觉得照工作

时数上班老板就会给钱，没工作就觉得自己会饿死；另一种是相信自己的能力，以价值而非时间来换取自己的生活费，他的才能完全不受限于老板规定的工作时数，因为外面真的有无限量的资源，就看你信不信。就像在动物园里的动物，食物、住宿、医疗、配偶、抵御外敌都有人帮它们处理得很好，却没有自由；野生动物无固定的食物来源，居无定所，伤病得靠自己，伴侣自己找，有时还得拼了命打个架才有……但一切都是自由、自主的，全看你想要怎样的命运版本。

我在这个马场的领悟让我知道：现在的自己与过去在公司里上班的自己的差别在于——我信任自己、信任未来、信任资源无限！

今天就要结束在日本最西端的旅程，明天就要前往屋久岛，体验另一种大自然的风貌：森林！

屋久岛的千年古木森林是我的创意老师

　　一早搭飞机去鹿儿岛，下午再转机到屋久岛，机场的安检人员非常有礼貌，如果有需要进一步检查的部分，也会再三赔不是，不像有些国家的海关检查人员，非常凶，把每个入境的人都当犯人似的，态度不

佳——其实机场的海关人员就是一个国家的文明门面，他们越友善，外国旅客对这个国家的印象就越好，这些旅客在入境后，会以愉快的心情在当地观光、消费、互动，会把善意带进这个国家，最后还是这个国家的人民自己得到好处，这就是善意的循环。

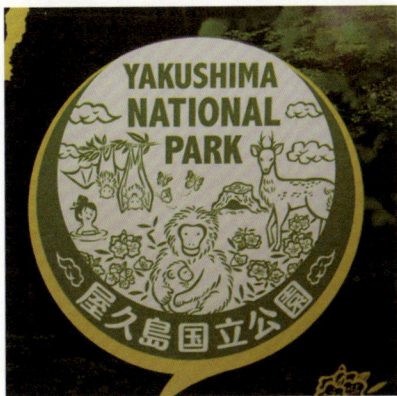

　　到了屋久岛，让我惊喜的

是我们就住在山脚下的小木屋里，这些小木屋都是一对夫妻亲手建造与经营的：先生负责搭建房屋，太太负责服务住客，夫妻鹣鲽情深，所以每一间小木屋的摆设都很有家的温暖，因为我们直接住进了他们夫妻俩创造出来的每日幸福里。

行李一放好，我们就去安房附近的屋久杉探访森林。以前的我非常讨厌爬山，因为既累又无聊，遇到能坐车或是搭缆车的山，打死我我也懒得自己爬上去。但我这次的登山经验非常特别，居然越爬越有精神，而且觉得好玩极了。Yantara 教过我，在爬山时，要把整个山林大地都视为支持自己的力量，这样就可以边走边从大

地汲取能量，于是我开始换一种全新的方式爬山：每一步都先与大地联结；而且因为这里没有人工的登山木梯道，所以我的每一步不是踏在树根上，就是踏在落叶上，没有一步的感觉是一样的，我的身体得瞬间从"惯性"调成"弹性"。当我的身体开始随时应变时，我的大脑也会启动新的神经元联结来应付全新的局面，于是我的每个细胞开始活化起来，整个人瞬间变成"振动模式"，这就是创意版的自己——人之所以越活越没创意，是因为在都市里生活久了，走在固定平稳的地板上，升到较高的地方也是坐电梯，手扶在有固定触感的扶手上，连身体都开始产生惯性反应，大脑也会越来越迟钝。过去我以为的爬山既浪费时间又浪费体力的想法完全被自己的新体验颠覆了，我借着树根稳住自己，扶着树枝以减轻重力，近身的树全都是无条件支持我的有力臂膀，它们不嫌弃也不要求回报地撑着我继续向前，整个森林、整座山都是全力支持我的。正因为每走一步地面都不同，旁边的支撑物都不同，所以我必须全神贯注，全心全意一步步专心走路，用心在身边寻找资源，专心地

过河，急不得。这不像我在城市里走，因为走过太多遍，连闭眼都没问题，所以有时还会边走边发短信。这座山教会我活在当下，每一步就是一次呼吸，每一口呼吸也都是身边的树给我的，而树的呼吸也是我们给它们的；当我们把自己调成与地球同频率同脉动，我就不再被这座山消耗体力，反而补了体能，自然就会越爬越精神，身体变得更有活力，这就是我今天学的"天人和谐之道"的第一课。

当 Yantara 感应到特别的千年老树时，他就会请我们停下来好好景仰、碰触、感谢、环抱这棵树，感受它坚毅的生命力，倾听它的智慧。这些数十米高的大树，都是由小小的种子经过千年奋斗长出的，而不是人类以钢筋水泥速成建构出来的，所以在森林里，我们可以放任自己不照指示牌的方向走，跟着老树的能量指引，我们自然会知道方向——这样的训练是必要的，特别是，如果有一天我们像电影中的"少年派"一样不小心漂到无人的荒岛上，我们就得靠这些自然的先住民——老树来引领我们脱困。

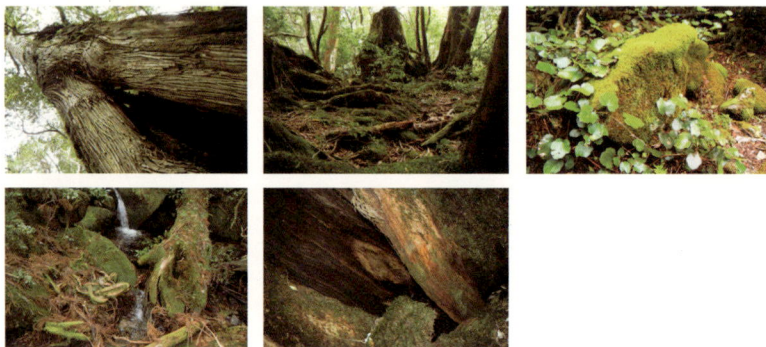

　　有时我会边走边观察身边的树，每一棵都不同，这些树都有各自的力量、各自的曲线、各自的高度与宽度，不像大都市里的建筑，每一根柱子都一样。原来大自然比我们有创意多了，有多少棵树，就有多少种样貌，连树皮的层次质地、上面的湿软青苔都寸寸不同、分秒不同，这就是生命的独特性。而我们生活在城市里久了，连面无表情的赶路方式都一样，相同制式的天花板与人造灯取代了多变的天空、云与光线；每一块标准规格化的地板都来自工厂的机器，取代了我们本来可以赤脚感觉的草地、沙滩或是岩地；我们穿上了鞋，更是隔离了我们的身体与大自然的第一线接触。要恢复我们的知觉创意的根本办法，只有重回大自然。

　　此外，我在大自然里看到：每棵树都是交缠着的，枝干共构、根相连，每棵树形成自然和谐的天罗地网。阳光在树梢上形成光之网域，树根在土地里交缠形成能量网格，就像我在《知识就是力量》(*Knowledge is Power*) 里看到的这段话："There is no Wi-Fi in the forest, but I promise you will find a better connection.（在森林里没有无线网络，但我保证你将会找到更好的联结方式。）" 进了森林，我们就应该学习与没有科技的大自然沟通的方式，这才是最根本的天赋能力，不要因为过度依赖科技而荒废了原有的感官本能。

　　森林里的树，没有竞争掠夺，只有互相支持与环抱，这就是地球的实相。每一段枯木都是年岁、气候剥离与雕刻出来的，有的枯木或是被雷击倒的，上面还会再拔生出新枝，死而复生，生生不息，所以千年。

　　很感谢这片千年森林没有人破坏，被保护得非常好，连登山小径都用了人工巧思，把多余的枝叶清除，完全看不出人工再造处，可见这片森林的守护者是完全敬重自然的，以自然和谐为前提。这里的游客也非常有公德心，沿途一点儿垃圾都看不见，所以再维持千年也不是问题——这座森林将会活得比任何人都久，这就是地球代代相传的鲜活资产。

　　过去我爬山时，无论团队里有多少老人小孩，我每次一定都是全队落在最后一位的，但这次的屋久岛森林登山之旅，我居然一直都活力充沛地走在前面，全程走完时还特别兴奋地守候在森林出口召唤大家。日落时分，所有人都下山了，大家一起去找餐厅用晚餐——团里有的是爸爸妈妈着带女儿，有的是夫妻档，也有一些单身男女……平时大部分时

间都宅在家写作的我，喜欢旅行时边用餐边近距离观察这些人，算是帮自己累积一些观人的经验。

今天最美的结束，就在这顿非常新鲜的烤鱼餐！

瀑布、溪流传授给我水的刚柔力量

昨天一整天都在森林里，今天则换另一个大自然形式，我们要到屋久岛最大的瀑布、也是"日本瀑布百选"之一的大川瀑布去静心。在去之前我们很意外地有了豪华午餐的惊喜，十多道极新鲜的料理，光是阵仗就让我们边拍边吃忙不完！

下了车，循着逆水流的方向沿溪边小道往瀑布走——在平常生活中，如果我们看到谁的创意源源不绝，不应该跟在他的创意后面忙着

模仿，而是要逆方向找寻他的创意的源头，再从这个源头找出寻得泉源的方法，这样自己就有用之不竭的创意动能，可以使用一辈子。当我逆着走时，我也是把这些溪瀑作为自己的参考值，每走一步就问：究竟是多高多大的瀑布动能，才把这么多的水冲到这么远的地方？然后再问自己：我应该把自己拔到多高，如何承接巨水源量，才能让这些资源能量广流不竭？水能克刚，如何利用柔软的力凿穿坚硬的岩石与山壁？这些都是要跟水学习的"人生禅"！

我们看见了瀑布，越近就越壮观。当我爬到最接近瀑布的巨石悬崖之上时，才知道这水瀑的威力十足，犹如地球的能量通道出口，声势浩大到几乎听不到别人的声音，只听到 Yantara 的水晶钵的合奏音与蛙鸣一起回荡，刚好可以置身在这"巨瀑声音"中专注静心——我五行属火，坐在石地上，感受迎面而来的风与水，于是地水火风合境成完整四方。喷溅上来的水花像是大自然给我的洒净，瀑布声大量冲刷掉我的杂念，如清澈的琉璃不留一物，冲到只剩自己，最后连自己也不剩下。虽然身

体停在这一方之地，但心因干净成空而瞬间自由，这种自由很熟悉，是本来既有的，只要我的心回到平静中，这自由是谁也夺不走的。

我在异乡的水瀑下找回自己的本源，原来自己的泉源不在彼岸，完全不必向外找寻，它就在"我自己"里面，我到哪儿，它就在哪儿。与世隔绝的方法很简单，就是回到原始的大自然中，这里的声音很单纯，它们会协助我们隔离烦扰的声音，让我们毫不费力地回到简单的频率，回归最纯净的泉瀑之中，所有该放下的都已留在大自然之外。

在这样的状态中其实很舒服，舒服到不想起身。但因为已经开始飘雨，所以 Yantara 带大家快速回到车上，直奔一个家庭式小饭馆：一张毛笔写的菜单就让我感到这顿饭很有生命力，不是用计算机打出的字，工整无情绪感。我点了生鱼片饭、海带酱菜，其实是很简单的料理，但因为新鲜，所以好吃——想要让人感动其实很简单，越天然越好！

屋久岛藏有很多当地艺术家，人杰地灵

　　去这么多国家旅行，我最喜欢的就是寻访当地的艺术小店，因为那些纯手工做的艺术品都是源自当地的鲜活灵感，而不是到哪儿都看得到的制式观光工艺品。

　　这次在屋久岛我去了好几家艺术品小店，木雕、陶瓷、绘画……我喜欢去艺术家的工作室兼住所，因为想看看这些艺术家在创作之外是怎么打理自己的家和生活的。让我很惊喜的是，他们通常都有一个很特别的花园或是庭院，把生活与创作空间变成了世外桃源，如此才能接地气地孕育出独特的艺术品，我们只需花点钱，就能把当地的灵感带回家，放在房子的一角，跟我们一起继续生活。

  我们这群人待得最久、买东西最多的地方就是灵性画家 Masanobu Ueda（上田雅信）的工作室，他以屋久岛的森林、老树、溪流、花海、星月为灵感，画了非常多极梦幻的作品。最早我在商店看到他画的明信片时，还以为他是一位二三十岁的梦幻女子，没想到拜访时来开门的居然是一位中年大叔，很难想象他身体里藏了这么一个还在做梦的"女灵魂"。

  我特别喜欢他画的有表情的老树，树上还有住家、灯塔、烛光……仿佛宫崎骏的空中之城；我还买了一张他用计算机绘制的卡通画：一个少女走进微风吹拂的白芒丛中，这就是他脑中未熄的浪漫。

  我们一群人真像是疯了似的，抢购他的画、明信片、月历，Masanobu Ueda 也忙着跟我们合影、签名，还要一边介绍画作、一边回答我们的提问、一边算钱找钱……一个多小时后，所有人都大包小包地离开他狭小的工作室，大家都花钱花得很开心，因为我们会把 Masanobu Ueda 进行生命创作的光彩带回各自的国家，继续梦想着我们

的生活。

回到酒店后，外面开始狂风暴雨，我们边泡着热腾腾的温泉边看着惊涛骇浪，心想下次还要到这样的度假地，体验窗内外风景与温差的冲突性。暴风雨中我们在望海的餐厅里享受在日本的最后一餐——海鲜晚宴，清酒干杯与互留联系方式的那一夜，很有温度。

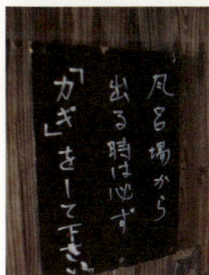

面对着海，带着感谢的意图，让梦想的力量逐海浪远扩至边界——最后一晚我就在榻榻米上伴着浪声睡着了。隔天从鹿儿岛经东京飞回台北松山，沿途都是依依不舍，这里的山林海瀑真的很有灵气，我也彻底被感染成了一个"山海版"的自己，回到家时整个人都不一样了！

Chapter_04

北京三里屯"瑜舍"+ 颐和安缦酒店宫廷之旅

时尚雅痞与清宫贵族

闹市区中的芬多精住宅——北京三里屯 "瑜舍"

　　因为临时接了一个在北京的企业演讲，所以我顺便把四月的奢华之旅安排在北京。演讲的那几天为了往返方便，我订了位于三里屯的 "瑜舍"，因为那里离各式各样的餐厅、名店街、碟店都很近。

　　以前住在北京的四年，我经常到三里屯，这里是我个人觉得北京最有 "国际时尚力" 的地方，不过始终都没进过 "瑜舍"。等我搬离北京

再度回来工作，住在 "瑜舍" 这里才发现北京的另一种生活面貌：雅痞中国风。那气质是来自北京厚重的文化和无法复制的底蕴，像一种东方贵族世家的血统，只能继承，无法模仿。

　　进到"瑜舍"就被自天花板披挂下来的白色布幔和大型艺术品展示空间震撼住了，原来把绝大部分的空间让给艺术品就是城市人最大的奢华。我还特别喜欢瑜舍里面利落、朴质又时尚的木质装潢空间，特别是桧木浴缸与气味独特的红景天沐浴用品，让我在北京人车喧哗的闹市区中，还奢侈地享有高原森林的芬多精。

　　最让我惊艳的是"瑜舍"的早餐，在窗边阳光洒遍全身的恩宠下，我被眼前的包括肉鱼蛋菜，丰富有机又选择多样的东西式早餐给征服了，这应该是我在北京最好的一顿早餐，这份早餐让我终于感觉自己的北京生活在此时此刻到达了巅峰！

此页照片摄于不丹的安缦酒店

住进颐和园里
体验颐和安缦酒店的一日清宫生活

　　2010 年我曾去过杭州的"安缦法云"，2011 年也到过不丹的安缦酒店喝下午茶，我非常喜欢安缦善于将当地的传统建筑发挥到极致，内部空间很有大家大器的极简风范，所以这次与男友到北京，特别选了颐和安缦，来享受我们在一起的第一个春天。

　　我们从"瑜舍"退房后就直奔颐和安缦。因为我们是打车过去的，路上费了很多口舌跟出租车司机解释：我们是要去颐和安缦酒店而不是颐和园门口，他跟我们争辩了很久，说颐和园只可以让人进去参观，不可能让人住在里面，除非我们是古人……后来我干脆直接拨电话给酒店前台，请酒店的人直接跟师傅说到底要把车开到哪里。

终于到了颐和安缦，服务人员已经在门口等我们了。他们招呼我们的方式就像是久违的家人欢迎我们回来一般。我记得上次逛颐和园时的确有一种仿若前世的幻觉，当我北大博士班的同学问我逛完的心得是什么时，我居然过度入戏地脱口而出："我家的花园真大！" 这次如愿住进了颐和园，初见面却也感觉像是 "好久没回家" 了！

服务员拿了钥匙带我们到了荟蔚楼，门口就有盛开的粉红玉兰，更增添了住在这里的超现实的奢华感。我不知道这间房以前住过谁，以前是拿来做什么用的，但今天我们就是这房间的一日主人，于是真的把这里当成家，把衣服挂好，沐浴用品摆好……忙了快半小时。男友说我前世应该不是格格，铁定是劳碌宫女来着。

在外观保持颐和园原貌的情况下，房间的家具陈设既现代又古典，完全没有住在古宅里的阴森感。窗外就是颐和大院，感觉就像是自家庭院那样亲近舒服——我很喜欢中西合璧的浴室和客厅的鸦片床，仿佛整个房间就是拿来放松与享乐的。我们瞬间继承清朝皇室成员的生活特

权，又省去了后宫争宠的钩心斗角与朝廷里的权力厮杀，这样的一日清宫生活是无忧无虑的！

以前我住在好的酒店，通常是"宅"在房间里，很少出门，唯独住在北京颐和安缦，我一直想往外走，因为户外就是中国极珍贵的园林宅院，所以在这里最棒的就是：带着地图，像在寻访自家庭院般地享受清朝帝王无福再消受的美景。

除了享受前朝老宅院与鲜活的林木花卉之外，写广告文案出身的我，特别喜欢门边的对联，能拍的都拍下来了。这些句子虽不长，但意境深远，仔细斟酌，里面的字词都特别有味道，这些对我而言就是极珍贵的文案宝库。我以前在演讲的时候就跟学生说

过，无论旅行费用多贵，只要能变回自己的内在资产，往往可以生产出比旅费高十倍，甚至数百、数千、数万倍的价值回来，就看你能否在旅行中看到别人忽略的特别之处。这些对联给我的文案写作灵感，我用十年以上没问题。

虽然颐和安缦在清朝遗留下来的颐和园里，但顶级酒店该有的顶级设施一样也没少：健身中心、壁球场、SPA、泳池、电影院、酒吧、雪茄厅、图书室、商务中心、文化教室、东西方各式料理、礼品店……它们都散布在各宅院之中。我们完全能理解以前清朝皇族的运动量非常足，因为去哪儿都不近。

SUMMER PALACE
颐和园

庭院 Courtyard 5

庭院 Courtyard 3

Music Pavilion

庭院 Courtyard 6

庭院 Courtyard 6

庭院 Courtyard 7

庭院 Courtyard 2

庭院 Courtyard 8

御庭套房
Imperial Suite

庭院 Courtyard 9

庭院 Courtyard 2

庭院 Courtyard 2

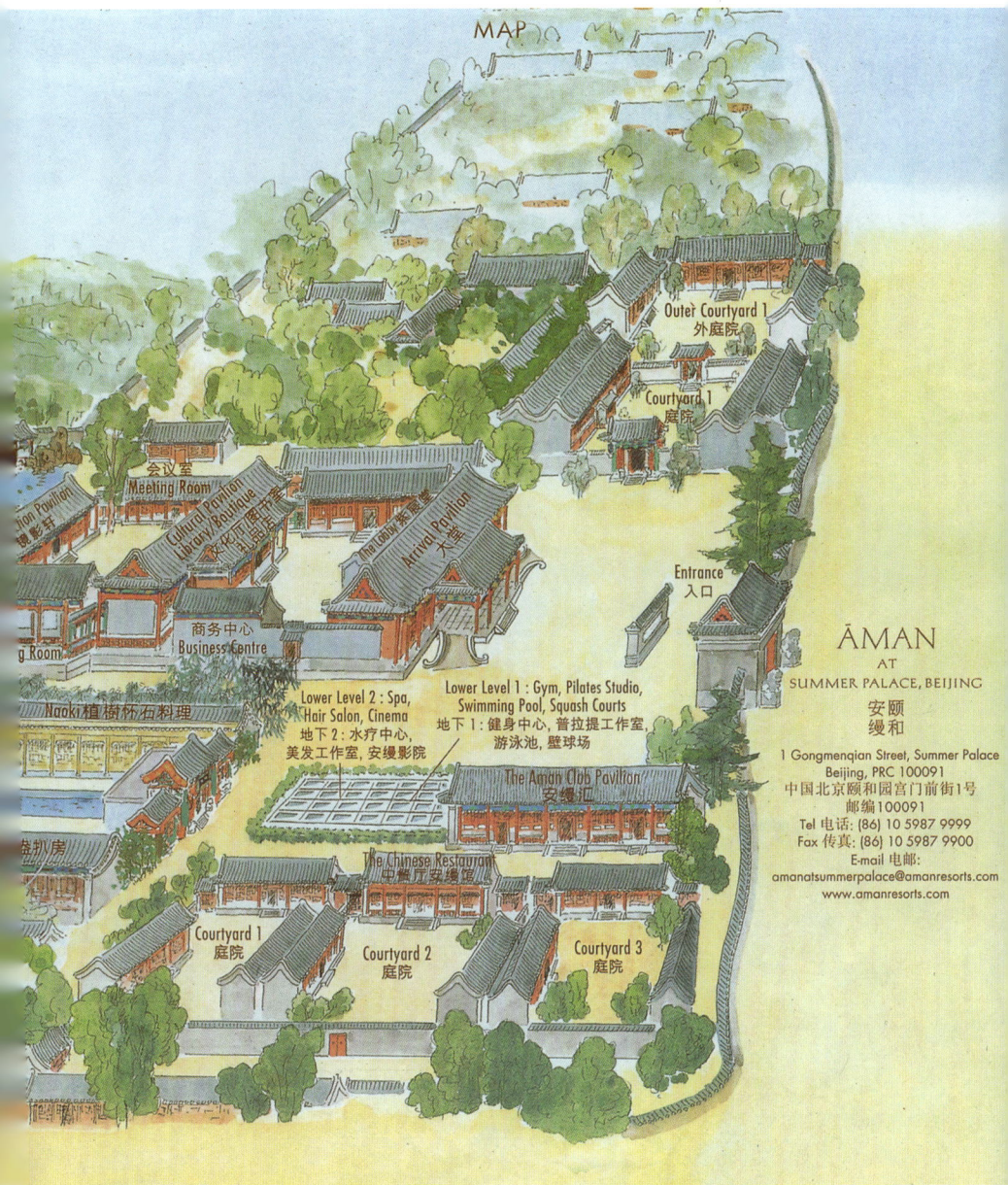

MAP

Outer Courtyard 1
外庭院

Courtyard 1
庭院

Meeting Room
会议室

Cultural Pavilion
Library/Boutique

The Lobby

Arrival Pavilion
大堂

ion Pavilion

Business Centre
商务中心

g. Room

Naoki 植树怀石料理

Lower Level 2 : Spa,
Hair Salon, Cinema
地下 2：水疗中心，
美发工作室，安缦影院

Lower Level 1 : Gym, Pilates Studio,
Swimming Pool, Squash Courts
地下 1：健身中心，普拉提工作室，
游泳池，壁球场

Entrance
入口

The Aman Club Pavilion
安缦汇

The Chinese Restaurant
中餐厅安缦院

Courtyard 1
庭院

Courtyard 2
庭院

Courtyard 3
庭院

ĀMAN
AT
SUMMER PALACE, BEIJING
安颐
缦和

1 Gongmenqian Street, Summer Palace
Beijing, PRC 100091
中国北京颐和园宫门前街1号
邮编100091
Tel 电话: (86) 10 5987 9999
Fax 传真: (86) 10 5987 9900
E-mail 电邮:
amanatsummerpalace@amanresorts.com
www.amanresorts.com

　　因为第二天下午必须坐飞机回台北，所以我们在夕阳落下之前两小时去喝下午茶。墙上还挂着清朝慈禧太后的照片，仿佛在跟我们宣示这房子的主权，但我们切切实实地享用了眼前奢华的下午茶点：酒店用"百宝格"（就是以前皇帝收藏珍玩贵器的木架）放上各式迷你甜品，一手就是一口，这样享用"珍品"才是实时行乐，不必留给后代。旁边就是雪茄厅，里面藏有各式雪茄，现在已经没有了鸦片枪。不过在下午茶期间我们也没有乖乖地在座位上坐好，而是三不五时就跑到门外拍湖景——在北京颐和安缦的一天，就是我们体验清朝宫廷生活的微缩影，也是我练习"创意人格"的最好方法：每到一个地方便换一套感官，体验一个新身份，去过越多地方，"混"过越多种人格之后，想要没创意也难！

　　傍晚我们去酒店的俱乐部区。我与男友先分开待在男女 SPA 区的蒸烤箱与热水按摩池，然后再到泳池区会合。因为不是假日，所以整个SPA 区只有我们两个，男友更是独享了整个泳池，过瘾地来回畅游了很

多趟。看他既健康又开心，我自己也觉得很幸福，原来爱就是这么一回事，对方快乐，自己也就心满意足——此时此刻我真的将颐和安缦视为我们俩的家，这就是我在《爱情觉醒地图》里提到的"让爱情的巅峰经验自动延长爱情任期"的概念："如果把每一年都视为最后一年，一年为一个结算点，就可以在这一年的每一个月都找一个值得庆祝的理由，只要两个人有时间就去度假，不管金钱时间，及时行乐。事实上，也只有想尽办法把今年过到最好，过到两人认识以来的巅峰。人都是喜欢快乐幸福的，当你们到了巅峰，自然就想延续这种快乐感觉到明年，这是自然而然的事，完全不必许下什么山盟海誓，比任何白纸黑字的婚约、承诺更牢固，于是这一年就是可以回味与记忆一辈子的永恒时光；只要把每一天过得淋漓尽致不留遗憾，不让对未来莫须有的不安全感与恐惧阻碍爱的信任与流动，你们的'爱的任期'就可以持久一些。"

　　爱情中最贵的不是花在对方身上的钱，而是花在彼此身上的时间，那些时间是一去不复返，而且是用钱也买不回的。晚上用完餐，男友拿

起珍藏的雪茄开始享受，我则在湖边赏月，呼吸树
林之气，耽溺于被夜灯染成金黄色的年代，今天我
们在彼此身上都花了 24 小时的感动时间，这就是我
们在北京最贵、也是最美的一天了！

本章部分照片由北京
颐和安缦酒店提供

Chapter_05

云南太阳宫+丽江悦榕庄山湖之旅

洱海 · 雪山 · 两人的天湖私院

云南大理的小院
两人生活的私院

　　几年前，因为接下了 OLAY（玉兰油）在云南香格里拉的代言活动，所以如愿住在了悦榕庄的藏式别墅中。那时真的很喜欢别墅外朴实的农家田野风光，前面农舍的猪还会偷偷钻进我的院子里，我觉得这里就是人生可以休息停顿、安身立命的地方……只是当时我忙于工作，无心细细品味与不丹有点儿神似的云南香格里拉的美，加上那时是一个人住在两层楼的别墅中，一个人睡在偌大的双人床上。当时就很希望下次到云南时是两个人，因为这样幸福是双份的。

就在 2012 年 5 月，天气不错，游客也不会太多的时候，我与男友相约在深圳一起飞昆明，再转云南。因为男友多年前也去过云南，所以我们俩讨论后决定先去大理，再去丽江。

在大理，我们选了两处住宿地：先住靠近古镇的民宿"小院"，再住洱海双廊的杨丽萍建的"太阳宫"，因为由俭入奢易。

之前几个月的奢华之旅都是体验顶级酒店，这次的"小院"让我们回归真实的民间生活。于是我们包下了整个"小院"，让两人有独处的空间，我们很快就把这儿当成自己的家，泡茶、切水果、洗衣……都是自己来。我常常觉得：如果两个人在同一个房子里相处腻了，就可以换一个跟住处截然不同的地方，而且越接近大自然越好，因为大自然能每天给人不同的新鲜灵感与能

量。当自己每天都不一样时，看待对方也会感到很新鲜，这样就不必经常换情人，正如李仁芳教授提到："日本江户时代的'茶人'说：一期一会，以初生婴儿般的初生心境，让每一刻的每一个生活情境都是鲜活愉悦的体验，就像成熟优质的男人，宁可开发同一个女人的一百种脸孔，也不去求索一百个女人的同一种脸孔。"我们在云南大理的"小院"，虽然每天看到的是一样的日月星辰，但所在地不同、角度不同、心情不同，两人之间的相处方式也会改变。因此我打算在 2012 年之后，还是

要每三个月安排一次短途或长途旅行，让两人处在鲜活多变的状态下——我也想看看在台北加贺屋的他、在北京颐和园的他、在云南"小院"的他有什么不同。

因为"小院"离古镇很近，所以我们只要出院子把门锁上，就可

以散步到古镇。镇上每一家餐厅都在门口摆满了成堆的各色蔬果菇菌，这个古镇的丰年丰收场景全在眼前，我们像是拥有了好几条街的厨房与厨师，点菜就是人生最奢华的特权。

　　旅行是后天混血的过程。大理好玩的地方是：既有大自然乡野的古朴，又有都市的夜生活，这里把东西方文化混搭得既完美又有特色。到了晚上，大理古镇就换了面貌，灯笼红纱把朴素的古镇瞬间装点得摩登时尚，许多外国人在酒吧与一楼咖啡座里，很有巴厘岛的异国风情。所以我们的夜生活是这样安排的：先去吃地道的云南菜，再选一个露天街边咖啡座喝咖啡，再晚一点儿就去按摩全身按摩脚 —— 选择很多，一天可以换一家，就算这家不好，明天还有机会试试那家。在云南大理古镇待上几天，人生因为有了"明天可以改正"的选择机会，做好几次错误的决定也

无伤大雅，这其实才是生活在云南古镇的奢侈，这种奢侈不只是表面的感官享乐，还与灵魂的自由选择有关。

画家保罗·克利（Paul Klee）看了突尼斯的风景后说："我被从没看过的颜色所感动，而这份感动使得身为画家的我升华到完全不同的境界。"这种"仿佛初次"的新鲜感就是创意的原生态，能自由不设限地繁衍万物，可以说是"创世纪"的巨大力量。因为我们会在大理待上很多天，所以男友就租了车载着我往乡野跑。沿途青嫩的水稻田、田中倒映着的蓝天绿山、田边点缀着红瓦农家，颜色都是我没见过的，用相机也拍不出那么细微的层次。其实最好的方式就是拿颜料来这里，一边仔细端详，一边好好描绘，因为只有"再创作"才能让我们白纸一张地从源头开始创作，我们

不能只是匆匆一瞥，按个快门就走，而是要把眼前的万千种独一无二的颜色、形状、构图、气味、声音、灵感……都纳入自己的创意库之中，创意库越丰满，能用于创造的素材与动能就越大。

我们在大理小院享受了几天古镇与农家生活之后，接着往洱海的方向走，准备住在朋友介绍的、国际知名舞者杨丽萍建的太阳宫酒店，据她自己说那是世界上最美的酒店，所以我们在那儿订了几晚。

太阳宫占据视野最美的角度，海天人和谐成一个新世界

我们约了车，车把我们直接送去洱海的双廊镇，然后酒店派船来接我们上玉几岛的太阳宫入住。一下车我才知道为何很多人到了云南都会有买房子定居下来的冲动。因为天上人间，各色分明，人本来就应该活得明明白白的，倘若天灰地暗，人活着继续奋斗还有什么意思？

在船上就可以看到太阳宫，上船没几分钟就几乎看到了全貌——太阳宫把双廊最美的 270 度角全占据了，岸、岛、山、洱海一眼望尽，整

个酒店沿着山壁建造，而岩灰色墙面不抢大自
然的风采，真是低调奢华的极品。

　　真正惊艳的不在船上，而是上了岸后。不
像其他酒店有一楼宽敞的大厅，这里只有几个
躺椅休息区，因为整个太阳宫沿壁建造，以各
式房间为主，所以连上楼都要踏着铁梯上去，
没有电梯，爬到自己的房间就等于爬上半个山
坡，得用劳力换取奢华的高处视野。这里没有
一个房间是一样的，每一间都是依地形与景色
打造，每一间都有很强的个性，住客进去只能
被臣服，自己在一般酒店房间的惯性在这里会
被完全打乱。因为上楼的每一步都陡峭，所以
必须步步为营，这教我们从走路开始体验活在
当下。这里整个空间都是出乎想象的，美感都

　　在细微处，你必须有创意地住在里面，若行动太惯性平凡，会被这里的棱角撞得到处淤青。

　　因为杨丽萍是舞者，所以整个酒店设计得像多层次的舞台，一登高、一转身就有绝佳的视野。虽然外观看起来低调，但里面可就"张狂"了：里面的岩壁是赭红色的，大红色的蜡染布幔随意挂在阶梯或是木桌凳上，像是正在过年或是办喜事，也向大自然宣告这里是有人居住的，并且是大户人家。我的每一步登梯都有惊喜：穿越多层空间的大树、直射进阶梯的阳光、饱满的陶盆、蔓长垂地的绿植栽、绣了云南图腾的橘色软垫……这里虽然安静，视觉可是非常热闹的。

　　惊叹之余，我们气喘吁吁地攀爬到了房间。两层楼的空间里面满是不规则形状，门口的木地板维持了原木的年轮与生命痕迹，每一块都不同，但榫接起来又是如此和谐，踏在上面就有赤脚走在森林里的感觉；大尺度的落地窗与镜面，让户外奢华的山湖景映进了房间之中，成了我们私藏的风景——所有木石无一相同，让人惊喜不断，这是一家无法复

制或是"连锁"的酒店，它就是一件建筑艺术作品，独占它的时间越长，你要付出的金钱代价就越高！

开门，进门，从入口俯瞰我们的主卧，下楼梯走近我们的床边，从花艺到石墙上的艺术品，都表明这就是一间私人美术馆……在服务员解说的同时，我边窃喜边在心里惊声尖叫——真的太美了，我跟男友说："就让我们在此住到老吧，这里精彩到住一辈子都不会腻！"

周边呈古典几何造型的窗棂，让整个房间瞬间成了我们的湖上私人宫殿——窗外的山水就像是纸窗的花色，环岛环场的270度视野，只要太阳还在，这里就是黄金盛世不灭。

　　床就在双层房间的正中间，嵌在木架上的床，躺上去就不想下床，这里舒服到不会有人想要"早朝"，可以睡午觉到傍晚，可以从晚上一直睡到第二天中午……在大自然中睡、睡到自然醒就是这里的特权，窗外的鸟鸣、船声就是我们还在人间的唯一提醒。

　　我最喜欢的是：酒店已经把最好的中国、印度、法国等各国音乐灌入了音响里，一打开，清亮的歌声与乐器奏鸣，整个房间就成了音乐剧场的包厢，躺在床上就能享受幸福的最高点。现在我已经忘了在那里住过几晚，因为每一分每一秒都化成了永恒经典，所有的感动全都失去了时间性，这就是一整本日夜完整、遗世独立的私人生活史。

　　走出我们的阳台，是分秒多变的天幕、青翠微动的树林、明镜无波的湖面，偶尔迎面吹来的醒脑的凉风，把白色的落地窗帘与我们的

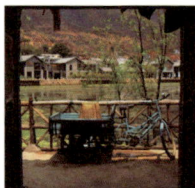

心情都吹得极高。我与男友倚在木栏杆上，无语地看着眼前不可思议的一切，如果这是电影《盗梦空间》中的场景，那么这里就是最上面的、有最美好版本的那一层。

有时我们会走到酒店外面，探索这个岛的其他地方。其实这里的民宿很多，都很有特色，就算不在这里买房子，每周换一间民宿也可以住上好一阵子。很奇怪的是，整个双廊有一种淡淡的粉彩笔触，山、湖、落叶、扁舟……让我们活在粉彩画里，连空气中都有粉彩的气味。有时我会自己看看影子还在不在，看看自己是不是已经变成了画家笔下的一抹线条。

太阳宫每天都有免费的下午茶，不是在餐厅，而是在岸边的露台。倚在彩毯之上，享用手工饼干、小蛋糕、水果、干果、一壶热茶、一杯热咖啡……没有

比这样的姿态更"颓废"的了，这种"颓废"是来往船只上的人都可以望得见的，独享无敌山湖大景，幸福到居然莫名其妙有了罪恶感——我们才 40 岁上下，何德何能？还好我们是花自己的钱，不是花父母的财产，所以过度幸福产生的莫名罪恶感很快就被理性给摆平了。

下午茶时光伴随着"夕阳无限好，只是近黄昏"的天水之景而逝。天地盛大落幕，我们出戏回到人间，走去街上享用了一顿非常丰盛的白族菜之后，我们到岸边散步。晚上的双廊很美，光影长长地投影在阒黑的湖面上，像是个夜舞台，没有戏，没有演员，只有几艘夜游的船驶过，偶尔传来欢唱卡拉 OK 的声音，让人形成了一种很冲突的认知。

在杨丽萍的原生态歌舞剧《云南映象》里有一段绿春县牛孔乡神鼓歌谣："大地是原创者骨肉变化……天地混沌的时候没

有太阳，没有月亮，四周漆黑一片，敲一下，东边亮了，再敲一下，西边亮了……刚生下来的娃娃，听不见，看不见，话也不会说，敲一下，耳朵就听见了，再敲一下，眼睛就看见了……"住在太阳宫最惊喜的就是回到房间，发现漆黑的山湖刚好成了星月的舞台，在阳台上仰头就可以看到满天"钻亮"的星空，连银河都看得一清二楚。此时困意已经把我彻底击昏了，不得不感叹体力有限，要不然真是舍不得睡！

因为太阳宫没有餐厅，所以早餐是服务员送进来的，有鲜奶、豆浆、鸡蛋、馒头、稀饭、小菜……我们两人还睡眼惺忪，就看到满桌刚采集并简单烹调的新鲜早餐，我们真的被喂养得很"腐败"。早餐过后，我们就要搭船搭车前往云南的第三站：玉龙雪山脚下的悦榕庄。在船上我又拿起相机，回眸再拍太阳宫，直到它彻底从我的视线中消失，只剩下《云南映象》中的一段文字留在我心里："这里的山离天近，所以神话还活在放牛人的山歌里；这里的水和云一起流，所以神灵和老乡一起喝醉酒……"

躺在床上就能看到玉龙雪山，光用眼睛就能许愿

上次到香格里拉的悦榕庄，我许下了以后要两人一起去云南的悦榕庄的心愿，于是这次云南之行的最后一站就选在了丽江的悦榕庄。

上次我在云南香格里拉的悦榕庄时，看到悦榕庄在全球分布的简介，翻开全书第一眼就觉得云南丽江的悦榕庄真美，而且离古镇和玉龙雪山都很近，所以完全没考虑价钱，说什么也要来这里体验最奢华的云南生活。

一进入悦榕庄，感觉不像进酒店，倒像是来到了一个古宅院，家家户户都是平房。我们看完了房型后，决定选玉龙雪山正对面的别墅，因为我第一眼看到玉龙雪山时就很崇敬，如同《云南映象》所讲："云南先民信奉万物有灵，山有山神、水有水神、树有树神、石有石神，几乎每个寨子都有寨神树、密枝林。一方水土，养一方生灵；一方生灵，敬一方水土，不是自己的神祖不会保佑自己，不是自己的家园不会抬举自己，所以每个民族每年都要祭祀自然、山神、水神、寨神、树神……"

我虽然不是云南人，但对当地的圣山圣湖都是非常虔诚的，心想如果能在悦榕庄天天看到当地人视为圣山的玉龙雪山，一定很棒！

当我们走进服务员推荐的 220 号（220 这个数字，刚好对应玛雅历的"水晶黄太阳"，代表着清澈智慧与开悟觉醒）房间，我想眼前这景观是没有人能说"No"的：这房间有自己的庭院、从院子正中间走四步台阶，就可以泡在水温 40 度的热按摩池中，边泡边欣赏玉龙雪山；最奢侈的是：躺在床上透过落地窗，就可以直观玉龙雪山的天云变幻——世界上有哪个道场比这里更容易顿悟自然极境与无常？

房间里的陈设几乎都是大红色系的，空间感觉起来很宽敞：有干湿分离的浴厕、双槽洗手台、一张双人大床、一组沙发床，

一张窗户边的书桌正面对花园，我们两人生活在此是绰绰有余。我其实很喜欢这种让两人有点儿近又有点儿远的空间，近到呼唤对方能听得见，远到一转身就看不到对方在哪里⋯⋯

这个有按摩温泉池的院子带给我的就是我心目中最幸福的生活样板：有树与花草，挡掉路人但挡不住雪山与落日；庭院里有两张躺椅、一组泡茶桌椅、一个晒日光浴的防水皮革床椅，这样的空间足以让我们泡茶、泡温泉、聊天、晒太阳、看落日、观星赏月，连吵架都有足够广的空间可以躲避对方、有足够大的山景可以转移调整情绪⋯⋯以前单身的时候我就在想：要怎样的两人空间，可以维持有点儿黏又不太黏的距离？现在这里就是了！

这次的云南之行主要是为了"奢华享乐"而不是"采访求知"，因为要在这里住四个晚上，所以有时间骑马上山、逛逛丽江古镇，除了吃吃喝喝之外，我们还在写满了东巴文的愿望板下合了我们俩的第一张影，把已经被联合国列为世界遗产的历史文化纳入我们的儿女私情史。

如果将云南这几天的生活比拟为一部微电影，那么整部电影最高潮的片段就是我们去看张艺谋执导的大型实景演出《印象·丽江》。真正的原创艺术表演必须是从当地诞生出来的，所以当我看到海拔 3 100 米的世界上最高的演出场地 —— 玉龙雪山脚下的红色舞台和蓝天苍穹之下的百人歌舞阵仗时，真的很佩服天人合作无间！

人生自古以来逃不过一个"情"字，《印象·丽江》谈的是亲情、爱情、天地之情。当主持人以浑厚的嗓音带领大家向着玉

龙雪山许愿——"这是一个神奇的地方，叫天天答应，叫地地答应"时，我真的哭了，感谢自己这么幸运，能爱人与被爱，我只许了几个小愿望，其他的时间都是在感谢神圣的玉龙雪山——结果很神奇，我的愿望当天就实现了，所以至今我还是把玉龙雪山的照片放在我的许愿图库之中，这里果然是心想事成的圣地。

虽然每天在自己的房间里就能看到玉龙雪山，而且不会冷，但我们还是找了一天早晨坐缆车上去，因为我以前在创意书上提过坐缆车是最

好的"拉高视野、俯瞰人生流域蓝图"的方式："本来在地平线争先恐后的平面思维，瞬间拔高成三度空间，我喜欢每上一层就问自己：当我到了这个高度时，请问我是谁？再上去一层呢，我

又是谁？眼前这样的人生是我要的吗？然后下山也是如此问自己：当我下到这个比较低的高度时，我有改变吗？当我的位置没有以前这么高时，我又是谁？……于是上山下山就成了我虚拟人生高低起伏的最好练习，特别是人在森林上方摇晃厉害的缆车中，俯瞰脚下尖锐树梢因阳光而形成的万箭穿心般的锐利时，此刻就是最好的练胆量的时候。腾空飞跃是最快到达目的地的方法，不过眼光永远要放在你想去的地方，不要低头被地面上的流言蜚语、重重阻碍分了心，这也是训练自己不惧高的最好时机。当我站到山顶360度俯瞰一望无际的大草原时，实在很难再小鼻子小眼睛地跟人计较什么芝麻绿豆大的事了——光这点看通了，整个人的视角与生命重点就会不一样！”

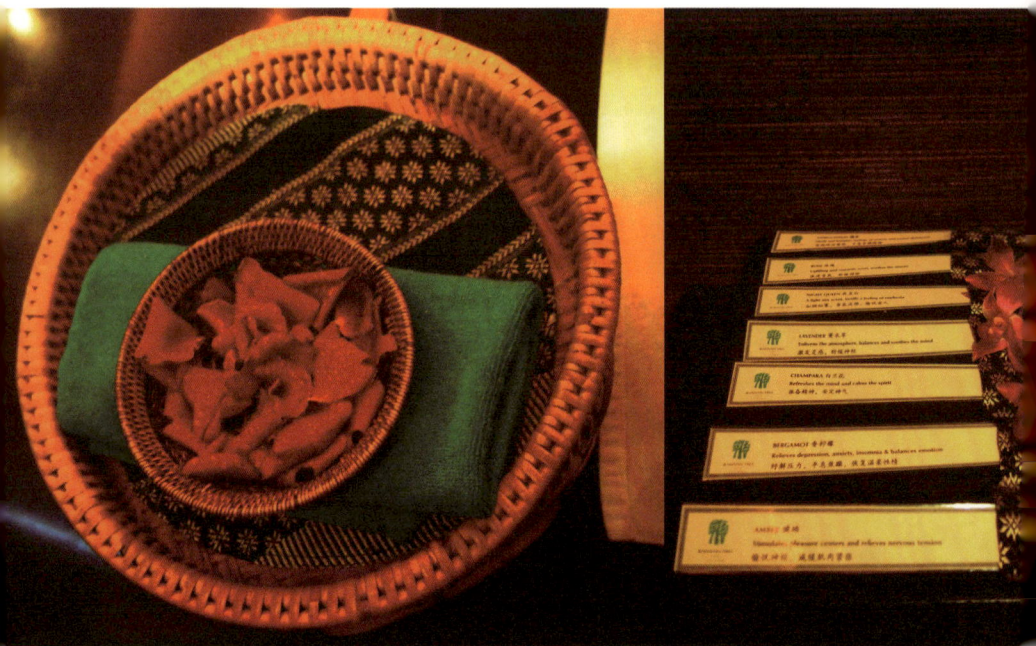

　　这次我就利用上玉龙雪山的缆车再练习一次：当我越爬越高，我看到的视野版图会有多大？我能看清自己的源头、流向与流域面积吗？当我到了最顶端，真的就只剩下了纯净未染的天幕、雪与山岩交缠的山峰与保留"波动纹"的冰河，我在想：我的顶峰是否藏有尚未融化的水源？我的生命热度还需要加温多少，才能将这些冰融化成水，变成动能，变成滋养，可以分流灌溉大地？我领悟到：当自己在这样的高度时，不可能会担心自己的创意被人偷走或剽窃模仿，因为灵感真的是源源不绝——玉龙雪山被当地人视为有神灵的圣山，这里也是文化的灵感与启蒙之地，当我站在山峰把自己融进这座山的神圣意识流里，我的心胸变宽广了，顶天立地就是气魄、就是眼界，真的得爬到一定的人生高度才能体悟。

　　男友真的是练过的，他三两下就往更高的顶峰冲刺，我则抓着氧气瓶气喘吁吁地在阶梯上望着他。自己真该平常就多锻炼，否则我的视野就会困在心有余而力不足的身体里。下山时我又开始做"缆车视野"练习：假

如我将整个地貌当成我的人生版图，当我俯瞰过整个地表，我的视野、判断与刚上来时有何不同？我该在哪儿落地？资源都处在哪些方位？

等上过玉龙雪山、逛完古城之后，最幸福的事就是回到酒店去做SPA——我以前听过一个故事："探险家在非洲密林中探险时，由于不熟悉路且人力缺少，便雇用了许多当地的居民帮忙搬运物资。前三天一切正常，到了第四天应该出发的时刻，所有土著人都静坐不动，拒绝搬运，询问之下，他们的头领做出的解释是：'三天都在丛林中急急忙忙赶路，今天要安静地等待灵魂追赶上肉体。'"我这几天也都处在赶路的状态，所以我的身体需要停下来彻底放松，等灵魂追上来。

悦榕庄的SPA一向是能让人彻底放松的，因为按摩师会很安静，不会聒噪推销，于是经常不到五分钟我就睡死了。等到被叫醒时就像换了新的人，有了新的灵魂与身体，感觉像是被移民到外星球做了一场大洗脑一般，连记忆都被洗光了。

周五的夜晚，悦榕庄有露天烧烤，海陆食材可以任选自取，然后交

给厨师烹调。因为我们就坐在池畔美景边，而且食物是无限量供应的，所以很容易纵容口欲，只能靠彼此的理性来互相提醒与节制——两个人吃饭有个好处，就是可以每一样都拿一点儿，因为都会有人跟我分摊一半的风险。而我也特别喜欢"无限量"这个概念，只要我不浪费，就没有人有权对我的欲望设限。

晚上的悦榕庄就是个夜间宫殿，灯火通明，但安静如禅院。有时我晚上嘴馋，还会到中餐厅去吃一锅过桥米线，然后再回到自己的私家宅院，边泡在热按摩池里边仰望满天的星星，此情此景让我想到以前看过的一则酒店的广告，图片是满天星斗，文案是："天啊！这是几星级的酒店！"

被天空的星星集体偷窥的感觉很诡异也很得意，诡异的是：不知道上面是否真的有谁在看；得意的是：人生能有几次在星空下裸泡热按摩池的体验？从自家院子回头看自己的房间，红色暖光正在帮我们夜晚的床被加温，原来一天是可以这样入眠的，我们已经睡在自己造的幸福之

梦里，因为已在梦中，所以无梦！

　　如果要列出目前为止我此生最难忘的十顿早餐，那么悦榕庄的早餐绝对可以排在前三名：其实缤纷丰富的东西式早餐很多顶级酒店都有，但面湖与观雪山只有这里才有。能想象吗？如果人一天的早餐是在山湖树荫下悠闲地开始的，这天的结果与在办公室里盯着计算机啃三明治、喝咖啡的匆忙早餐创造出来的是截然不同的——这是五月我们所能创造出的最美好的早晨，吃完这顿早餐之后，就要搭飞机回家。我们在悦榕庄整整四天，无数的画面将会记得一辈子。

6月

Chapter_06

台湾无老锅与滨江鱼市的尝鲜之旅

让我愿意留在地球的两种味道

2000 平方米遗世独立、展现丰盛美学的太平盛世：
台北滨江鱼市

　　因为六月有一些新书宣传活动，所以我没有完整的时间可以出国，于是男友飞到台湾，我们就近在台北享受奢华生活。

　　除了诚品书店，我经常会带远方来台湾的客人到台北的滨江鱼市去享受最新鲜的海产。在未改装之前，这里原是腥味很重、摆摊凌乱的市场，经过台湾非常知名的三井餐饮集团重新改装，诚品书店的御用建筑设计师陈瑞宪巧思改造后，这里瞬间变成了约 2000 平方米的时尚海鲜

市集，可以现捞活跳跳的海鲜，同时品尝最新鲜的生鱼片。你们能想象吗？这里必须在仅能容身的吧台边站着吃，而且套餐至少要台币 1 000 元（约 210 元），居然是不分节假日全天候爆满，平均得等半小时到一小时（不接受订位），却

让每个人等得心服口服！

　　整个滨江鱼市变成了高档的生活尝鲜区，我们可以在这里欣赏各种精美的鲜货包装，例如生鱼片便当或是已经烹制好的龙虾，还可以买到各式各样的清酒、干货、陶制器皿、食谱书等。如果你们喜欢诚品书店的文化氛围，可以想象一下，如果把"鱼市"加上"诚品文化"，会是什么样？

　　在"立吞区"（就是刚刚提到的供人站着吃的日本料理吧台）等候叫号时，我喜欢慢踱在整个滨江鱼市欣赏建筑的设计细节，包括店内优

美指示牌上的书法、充满文化底蕴的商品包装、用渔网做的悬挂灯罩、玻璃缸做的桌灯……这里没有一样东西是现成的，包括桌椅摆饰都是为了这个市场空间特别创作出来的，每次我带外国朋友到这里用餐时，我都会很得意地跟他们

介绍每一处巧思与创意，这里真的是台北人的骄傲。

　　滨江鱼市绝对是化腐朽为神奇的台北创意生活典范，因为它位于交通极不便的地方，离地铁颇远，连打车都难，周遭的环境更是凌乱无比。这里仿佛是乱世荒市里的丰盛天堂，遗世独立，就像是一个跳跃的平行时空。

　　这次我特别挑一个非假日，下午三点多与男友来到滨江鱼市，大约只排队 20 多分钟就排到了立吞区。眼前一道道烤蟹脚、烤鱼、烤扇贝、生海胆手卷、鲔鱼肚生鱼片、生蚝料理……摆盘很美，不刻意，够大气。我一边欣赏、赞叹所有上桌的美好（从器皿到料理），一边不自主地马上拿起寿司大口品尝。食物好吃到让我完全不顾形象，特别是他们以新鲜鱼肉鱼骨熬出来的大锅味噌汤，还没放上桌，我就已经被扑来的浓郁香气熏到说不出话来。我与男友两人嘴都没停，无法说话，所以彼此只能以深情之眼传递无声的感动，又盯着新鲜美食露出掩饰不了的贪婪欲望。

除了立吞区，还有烧烤区、火锅区、蔬果汁区可供选择。在这里会耽溺于人间太平盛世和享受不尽的丰盛美学，眼耳鼻舌身意的全部欲望都同步感染了诗意。我很感谢台北有这么棒的"空间诗人"、"料理诗人"一起为我们打造惊喜的美食空间，让台北变得更有深度也更有趣！

喝第一口就决定不离开地球：台北无老锅火锅餐厅

如同电影《盗梦空间》里所说，梦是永远不记得怎么开始的，我也不记得我是怎么知道这家店的，也不记得何时吃的第一次。我只知道几乎每两个月我就得到这里报到，像是上瘾一般，即使是35度的夏日，我也想吃无老锅。

这里永远都是大排长龙，所以通常要提前两周预订。比较烦人的是这里只有一个半小时的用餐时间，所以意犹未尽时总是被打断。

我喜欢这家店的原因是他们的汤头太棒了，没有味精鸡粉，全是中药材熬煮的，所以通常喝第一口的反应就是双眼睁大（有的人还会反应剧烈到瞳孔放大），一时找不到词汇来形容口中的不可思议的鲜甜滋味。

除了食材新鲜到无可挑剔之外，他们无限量地补充的鸭血与冻豆腐更是超值——那鲜嫩的冻豆腐吸满汤汁，一口咬下去，浓浆四溢，鲜味留在口中。我只能一口接一口地吃，完全没法节制，特别是他们送的菠萝冰沙（他们会依照当季水果特制），喝第一口之后是注定戒不掉的——我每次与男友约在这里吃，都会看到他心满意足的表情，原来烦恼可以透过美食一扫而空；后来我带一位旅居法国 20 多年的朋友来吃，他的第一口也改变了他想继续留在法国的念头。如果尝过这里的汤头美味，大概没有人想离开地球，这大概就是"无老"的意思吧！还好无老锅在上海已经开了两家分店，所以可以把这极品火锅分享给大陆的朋友。我相信吃过的人真的不想老，还想留有"健壮"的牙齿与肠胃，来继续享受这鲜味无敌的汤头！

C h a p t e r _ 0 7

杭州富春山居之旅

我们在创造2012版的《富春山居图》

　　因为演讲与讲课之故，我经常到上海与杭州。上次去富春山居已是三年前，那时与两个好姐妹去谈一个案子，顺便到杭州富春山居喝下午茶——那是我第一次去，坐在餐厅阳台看着眼前如画的山湖茶田大景，看着古渡舟往返，我整个人看傻了，因为搞不清楚自己身在哪一个朝代，当时就对着眼前的完美许愿，将来要带情人来，就我们俩，待几天。

　　山水有灵，不到一年就应验了。于是我跟当初交换名片的酒店主

管联络上，订了景观很好的房间，打算与男友在这里度过我们杭州恋爱生活的四个"首航日"。不过一如上次到杭州所发生的问题：杭州国内与国际航班不在同一个地方停靠，我跟男友约在杭州

机场，彼此花了好一段时间才搞清楚自己究竟是在哪个航站楼、对方在哪个航站楼，我们连自己具体在哪里都搞不清，所以约在最明显的"中信书店"，却没想到两个航站楼都有中信书店——彼此已经离得很近、却一直还没看到对方的感觉很诡异，很担心是在不同的平行时空里。

还好有手机，就少了发生罗密欧与朱丽叶的悲剧的可能。两人终于见到面，上了富春山居派来的车子。第二次来这里就有了"回家"的感觉，因为我对里面的公共空间已经很熟悉了，办理完入住手续拿了钥匙之后，就准备开始体验我们"七月的家"——当梦想成真的速度越来越快，就不必再许愿，直接做决定就行。

虽然上次我来过，但这回是第一次进到房间，还是很惊艳，因为我们的房间沙发窗外就是梯田与山湖大景，完全没有被其他房子遮挡；湖水的尽头就是一座山，与我们的房间形成一个完美的圆弧。此外还有一个靠窗的大浴缸以及双槽洗手台——我们可以同时使用，不必谁等谁。我最喜欢的是他们为客户特别挑选的音乐，与云南洱海太阳宫将音乐灌

入房间的 iPod 不同，富春山居是为这山水特别录制双 CD。我后来还到贩售区买了一套回家，以听觉继续我们的山居岁月。

走出房间，会觉得自己住在一个庭院深深的大宅院，只要我们不问路、不拿酒店地图，就会随时有柳暗花明又一村的惊喜。有时本来要去餐厅却闯进了桑拿室，有时要去泳池却走到了图书室，本来要去咖啡厅却遇到了制茶示范区，本来要去酒吧的，后来却开门进了台球室……因为没有清楚的标志。反正在这里有的是时间慢慢找，而且每次找错就可以发现一个新设施，有新的艺术视野，所以住几天就有几天的惊喜。

　　因为来的时候并非假日，所以就像上次在北京颐和安缦一样，几乎整个 SPA 与泳池就留给我们这对情侣，我们经常忘了这里不是自己的家。在前往 SPA 区前会经过一个长廊，上面贴了整幅《富春山居图》的复制品，在进入昏暗的 SPA 区时，我会有错觉，仿佛自己进入了无人的时光隧道，进到最里面就是我们独处的洞穴。当我们从男女 SPA 出来到泳池区会合时，发现我们俩不约而同地都拿了 7 号柜的钥匙，真是心有灵犀一点通。

　　这里的泳池周

围都是落地窗，所以可以边游泳边欣赏天云山林，会感觉自己像在大海里游泳。等到傍晚太阳半落，美丽如宫殿的室内泳池与户外温水按摩池就成了黄昏时光最幸福的生活剧场，蝉声蛙鸣环绕更添野趣，整个富春山居是我们灵魂飞翔的无际版图！

富春山居跟北京颐和安缦一样，会安排许多文化活动让住客参与。我们一进房就已经有一张"课表"，上面帮我们排满了各式的活动打发时间：登山健步、骑单车、打太极、打网球、打高尔夫、书法国画、品下午茶（酒）、画舫摆渡、黄昏赏鸟、看星星、夜间瑜伽……富春山居教我们怎么在天堂之境享受一天的人间时光。于是我们选了书法国画、下午茶（酒）、看星星、夜间瑜伽，在这里开发自己的第二潜能真好——旅行就是把同一个自己放在不同的容器里，看看自己会变成什么形状！

这是个比黄公望的《富春山居图》更灵动更美的地方，活在如画般的生活中，真是幸福极了：睡到自然醒，悠闲地走到湖畔，一边近观山草绿景，一边远眺蓝天白云，这幕独一无二的美景佐着早餐，偶尔来

场雷电阵雨，清凉的水珠瀑幕就在眼前，自己仿佛置身水帘洞洞口看世界。然后去书香阁看看书、翻翻杂志，再用个简单精致的中式"轻食"满足口欲。茶足饭饱后，回房坐在窗边看着农人采茶，等困意来，以一场不设闹钟的午觉睡饱，再搭高尔夫球车去山上的富春阁，边享用刚采摘的龙井茶以及酒店特调的绍兴乌梅汁，边挥毫写书法——自小学毕业后就没再拿过毛笔的我，重新开始磨墨、润笔，站在偌大的宣纸前挥洒着天语般的文字，得意自己的艺术天分没有遗失。我在完成书写后，还退后三步自赏自赞了一番，再用西湖西泠印舍的朱砂印泥，压上有"富春山居"四个字的印章。于是我的"富春山居版"的作品就完成了，果然地灵人杰之地，有感应的人就可以是天生的艺术家！

　　因为没有"被评判"的压力，所以我拿起毛笔来非常开心。在写完了十多张纸之后，就爬到上面一层的"吕洞宾禅院"打打坐、看看"富春山居鸟瞰图"——这就是画的"源场"，我以前在创意书与创意课中提过："当你站在一幅画前面，要想象眼前本来是一张白纸，如果你就

是一位画家，面对这张白纸，你如何看到画的全貌？你的心情如何？你的第一笔会从哪里开始，接着怎么进行画笔之流动，最后会落在哪一笔？你画完时的心情如何？在国外旅行时，我一边拍照一边在想：如果我是当地的画家，我会选择哪些景点、哪些颜色、哪些构图来呈现眼前的美景，然后再到当地的美术馆、艺术展场去看当地创作的艺术作品，学习别人是如何将'片刻的真实'变成'永恒的艺术'？"所以我站在阳台上也在模拟想象，如果给我空白的长滚动条，我该怎么调色、怎么构图，怎么下第一笔？怎么把细微生动的江山与景深层次画出来？这样的练习比走马看花更能培养我的敏锐度，也能将眼前平静的美景转换成我的创意动能。

以前我写过一句话："电影是静态的旅行，旅行是动态的电影。"我与男友不再坐高尔夫球车下山，改以散步回到房间，于是我就从鸟瞰走进画里，我的人微缩影到山水画之中，仿佛我创造了画中世界，自己再"下凡"体验。

　　回到房间，我把书画晾在窗边晒干，也算是朝贡给了眼前的山湖美景——这就是富春山居启蒙的我从未使用过的书画创作力，连自己也被吓一跳！

　　富春山居的夜生活很有禅意，越夜越美丽。除了有精致的东西方料理之外，还可以搭古船到对岸草地躺椅上观星。一柱柱火把与一格格屋灯，把整个富春山居妆缀成一个宁静的美丽村落，与世无争。服务员为我们准备好想要的热茶与咖啡，活在富春山居画里的真实生活，是没有任何一幅画能传神表达的！

　　最奢侈的是，睡前还可以请来自喜马拉雅山的印度老师教我们瑜伽伸展动作。依他的声音指示，通过拉筋、扭转、深呼吸……我长期紧绷的四肢肩颈逐步放松，到后来感觉自己的整个身体仿佛都融化在了地板上，所有身心灵的重担负荷全消失了，舒服到不想起身——享受一天惬意就赚到一天生命，何必把美好的生活推迟到退休后呢？

　　虽然我听说在肯亚坐热气球横跨大草原后吃到的早餐是世界上最贵

的——500 多美元，但我还是觉得富春山居的早餐才是最奢华的：丰盛的东西式早餐，有粥有面包，有茶有鲜榨果汁……摆在桌上就是向眼前的山湖美景致以最高的敬意，我们正在用宝贵的两人相处时光，共绘出我们 2012 版的富春山居图，在这里待一天就是一日富豪，让以前的自己不禁羡慕、忌妒起现在的自己的幸福美好——这让我想到一首很美的诗："十里平湖绿满天，玉簪暗暗惜华年，若得雨盖能相护，只羡鸳鸯不羡仙。"而我们正是一对在享受神仙生活的鸳鸯！

　　就像是《盗梦空间》的真人真事版，很谢谢富春山居为我们造了梦中的场景，让我们不必大兴土木、移花接木、挖湖耕田，不费吹灰之力就享有这样的田园风光——在这里没有末日的担忧，却会有即将要离开的得失心，所以我再度拿起相机，把眼前即将消失的记忆抓进我的永恒相簿里。这里也被我们视为在杭州的家，于是瞬间少了离别哀愁，多了下次再见面的期待！

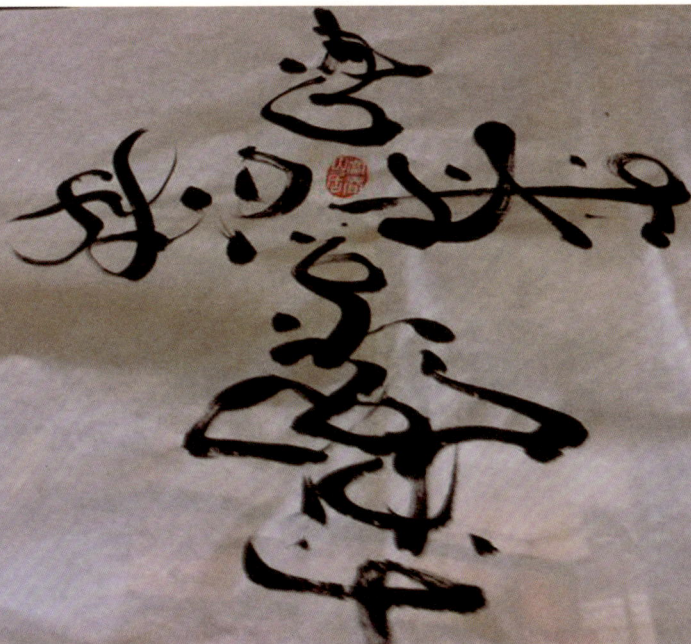

我请新加坡声疗专家Yantara，为这几幅"光语书画"解释（附上中文翻译）：

Poetic Universe

The cycles of life revolves around the 'breath' of the Universe. The natural rhythm of life pours through the eternal waterfall of light. We are always supported and guided by the Universe. Children offers little resistance to align with Source.
Connect with the Nature, feel the peaceful waters of the lake. The poem flows, the colors and language of life unfolds. The sounds of nature teaches; listen and pay attention to the wisdom that it sings.

宇宙的诗篇

生命的循环，是循着宇宙的气息在呼吸；生命的节奏，从永恒的光海瀑布中倾泻而出。宇宙默默在支持及引导着我们；而我们要向孩子们学习如何与宇宙原创的本源连接。
与大自然联结，感受那平静的湖水。诗词在流动，生命的色彩与话语随波绽放。让我们留心倾听大自然的唱颂，这些歌声将会教导启蒙着我们！

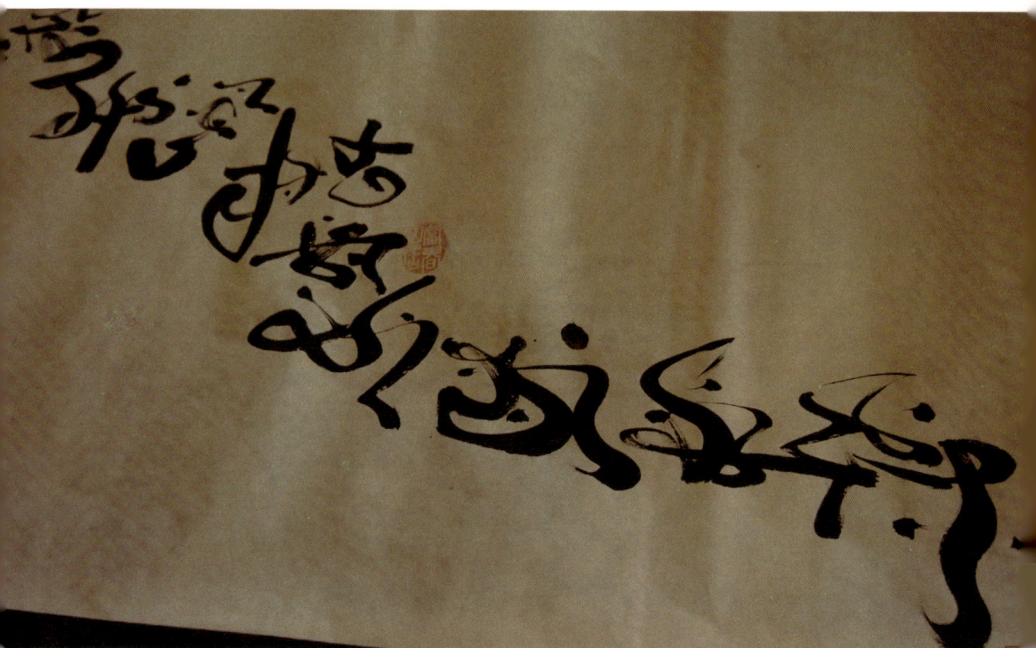

Dragons Soaring Life

The dragon comes and share the wisdom with
you. It describes the scenery of a landscape filled
with fragrant flowers of 22 kinds. It has lakes
filled with blue shimmering crystals. Celestial
Beings manifested as multi-colored fishes
swimming at the bottom of an ever quenching
thirst of knowledge lake.

Dragons dance in the etheric air guarding
the gates of time and SPAce. People of this
land hear these words: "When you open
your heart to greater wisdom through the
cultivation of meditation, you shall receive
the empowerment from the celestial kingdoms
of Gods and Goddesses. You will be given the
keys to understanding your life and relationships.
There can be greater liberation from ends of
suffering."

The wind blows, the messages come, slow
down and listen.

龙腾飞的生命

神龙降临，与你分享智慧。它正在向你描绘
一处仙境，那里种植了22种芬芳的花朵，还
有一个注满闪亮蓝水晶的湖泊。天上的精灵
化身成七彩的鱼儿，在充满知识的湖底畅泳
解渴！

神龙在空中飞舞，守护着时空的闸门。大地
上的人民听到："当你透过冥想的滋养，你
的心便能朝伟大的智慧打开，你可接收到众
天神的授权，你可得到了悟生命与关系之
钥，你就可以从苦难的尽头中解脱。"

风在吹，带来了讯息，请你慢下来，细心
倾听。

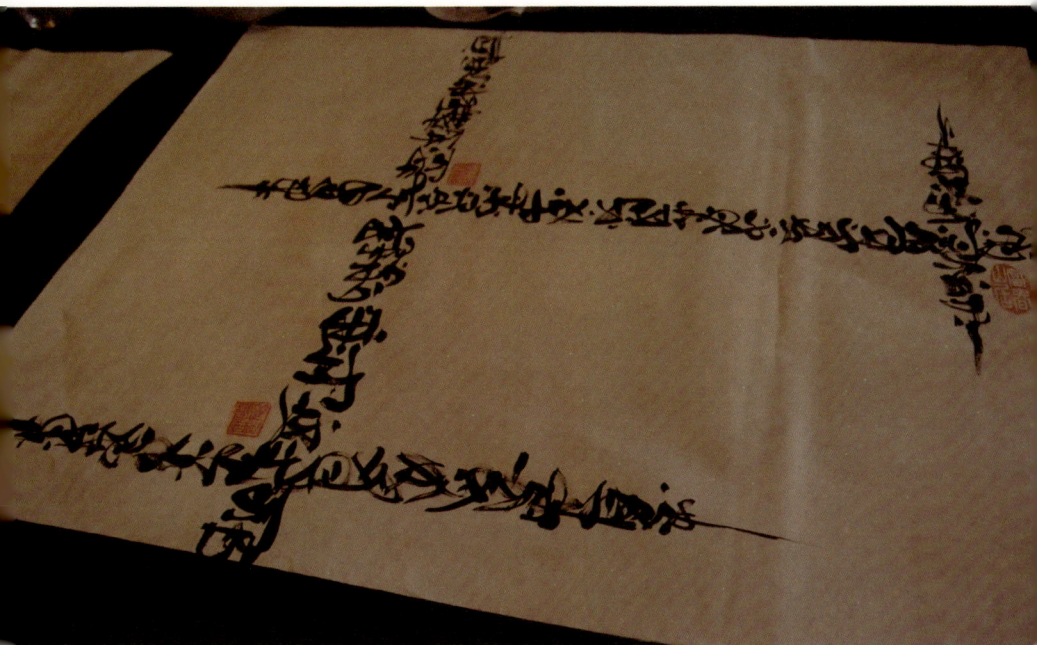

Voices of the Stars

These are messages from the Stars. The voices of the stars. We hear your voice, your intent and messages to us. We hear your calling, your reply is now here for you. Pyramids will support and ground you, it will provide you the necessary upliftment.

The sun is what you need. Breathe in the light, breathe in the energy of life. Dance, move your body and loosen your joints. Let the energy that is already within you move and circulate the lifeforce within. Open your breath and draw in the light.

Humans need to learn to work with their breath because it is an important pillar of energy that helps to move the components inside the body.

These drawings you have made are encoded with information. When people look at them with calmness and contemplation, communication shall occur between the viewer and the drawing. DNAs information will be exchanged.

We are complete.

星辰的声音

这些讯息来自星辰的声音。是的，我们听到你的意图、你传送给我们的讯息以及你对我们的呼唤。我们要回应的答案，已经在此准备好给你了。金字塔将会支持着你、成为你稳固的地基，它们将会提供给你扬升所需要的能量。

太阳是你所需要的，吸进光，吸进生命的能量。跳舞吧，活动你的身体，松开你的关节，让你体内的生命能量流动运转。记得打开你的呼吸，引进亮光！

人们需要学习呼吸，因为那是重要的能量基柱，能帮助生命元素在体内流动。

你所绘画的图案下载了信息密码，当人们静心细看与沉思，这些图案便能跟观者沟通。

DNA的信息码将会被更替。

我们已经完成了！

Chapter_08

印度尼西亚民丹岛的生日之旅

借梦造梦，创造自己的下一场度假

　　因为我的生日在八月，所以每一年的八月就是我的 "蜜月"，也就是这个月会尽量不工作，给自己放奢侈假，而且是越久越好。在 35 岁之前的 "生日蜜月"，我都会尽量安排自己去终生难忘的地方旅行，例如：我 30 岁的生日是在德国汉诺威的世界博览会上度过的；32 岁的生日时是在西藏的绒布寺捧着氧气筒活过来的；34 岁的生日是在非洲的肯尼亚马赛马拉大草原上，一群马赛人捧着他们做的生日蛋糕，唱着马赛版的 "生日快乐" 歌帮我庆生；35 岁的生日是在印度修行中心挨过来的，连续闭关 21 天禁语吃素的日子，帮我的身心蜕了一层皮，整个闭关修行的过程都已写在《做自己的先知》里，这也算是自己生命中最重要的转捩点。

　　36 岁之后的生日就不大想再冒险了，会选在让自己舒适、可以发懒一整天的度假村，毕竟前半生已经很

辛苦了，下半生就不想太为难自己。例如：36 岁的生日是在台北的春秋乌来度假村，翡翠绿的溪水让我顿时坠入了仙境；38 岁生日是在迪拜七星级帆船酒店度过的，从房间就能看到 180 度极致奢华的阿拉伯湾海景；40 岁生日是在云南的悦榕庄，别具风味的藏式独栋民房，让我在里面享受一个人田园生活；41 岁的生日是在不丹过的，住在刘嘉玲与梁朝伟结婚时住的豪华酒店，自己也感受到了幸福。

　　我之所以每一年生日都选在特殊的地方过，是为了将来等自己老了，可以回溯每一年的生日在哪里过，可以迅速浏览自己最美好的时光；而且每过完一次生日，不仅不担心自己老了一岁，反而多了一个圆梦成功的纪录，之后便带着喜悦的满足感，继续期待并规划第二年的生日在哪儿过——42 岁生日选在印度尼西亚的民丹岛，主要是配合我八月中旬到马来西亚华文作家书展演讲，顺便在转机回台北前停留新加坡，然后坐轮渡到印度尼西亚的悦榕庄度个四天小假，与男友度过我们的第一个"七夕情人节"。

　　民丹岛悦榕庄的各个房间都散布在沿海的森林之中。我们办理完入住手续后，服务员开着高尔夫球车送我们到了院子门口，我们还得自己走下阶梯才能靠近海，穿过茂密的树丛进入我们的房间。整个房间面海，外面的露台也是，这让我想到上次在云南悦榕庄面对玉龙雪山许的愿："希望能再次住在像这样的一边泡热水池一边看无敌景的房子里。"五月的愿望八月就实现了，这就是借梦造梦成功的喜悦！

　　这四天给我们的感觉像是四年一样漫长，因为时间在我们"无闹钟且不工作"的状态下停止了——早上睡到自然醒，十点半去海边餐厅，望着湛蓝无尽的太平洋，我们仿佛就是小岛的主人，享受豪华无尽的海景早午餐；然后有时漫步在沙滩上，有时会离开酒店去逛逛市集，"下凡"到人间体验真实生活；回到酒店小小午睡后，端壶热茶、放一盘酒店的新鲜水果，我们就在"自家"阳台上的露天热水按摩池里泡着，看着海与天幕交界之处。有时一片灰雨云带卡在蓝天与蓝色大海之间，看起来特别诡异，仿佛再走几步就会走出梦境之外，有点儿不真实的虚幻感。

酒店里的西餐以及泰式、印度尼西亚料理，我们每晚轮流享用。除了非常新鲜的鱼排与牛排之外，最棒的是酒店的驻唱乐队，总是微笑着高唱欢乐的歌曲，让我们的浪漫之夜有了情歌作背景音乐——看来两个人只要天雷勾动地火般相恋，整个世界就会一起给予祝福！

吃完晚餐，我们牵手在月光星空下，拎着鞋赤脚踩在沙滩上，让留有夕阳余温的浪花打在脚踝，四个脚印就烙在沙滩上……幸福原来这么简单，从日出到日落，所爱之人就在身边，不离不弃。

再晚一点儿，我们会躺在沙滩椅上，边挥赶蚊子边看露天大屏幕电影；累了就回到房间看电视剧，我们一连几晚看完了第一季的《触摸未来》（Touch）——原来没有工作打断的生活就是天堂，我也庆幸自己把退休生活往前提了，实时行乐，才是活在当下的最好状态。

这次民丹岛的旅行很特别，我们是让工作地来决定要到哪里度假（至少省了机票费）——我喜欢有时放手让上天安排行程的感觉，因为少了控制，来的永远都是意外的惊喜！

Chapter_09

雪士达山灵性之旅

回到森林与水瀑中，寻回人的本质

　　在我"2012环球心灵之旅"的计划中，美国加州的雪士达山是我的"第一志愿"。我想去雪士达山的机缘，是被奥瑞莉亚·路易斯·琼斯（Aurelia Louise Jones）所写的《地心文明：桃乐市》勾起的，因为书中许多关于爱的智慧箴言深深打动了我，例如："'爱'不是一个字，它是一种特质，一种力量和一种波动，它是生命！爱是一切存在中最高超的元素和波动，是一种永远动态的、充满生气的力量，它是一辆超越时间和消除空间的金色马车。爱是光的最初本质，万物皆在其中被创造出来，它是一种联合的力量，把万物聚合在一起。爱单纯地包含了一切，当爱足够强时，它可以疗愈和转化一切。（黄爱淑译）"加上这套书的封面与许多雪士达山的明信片上都有很美的"飞碟云"，于是雪士达山就跳到了我的2012年心愿清单的首选位置。

就在去年，我与好友、也是新加坡的声疗家 Yantara 一起讨论了这个行程，经过半年的筹划与召集，来自新加坡、美国、欧洲等国家的27位伙伴在2012年9月15日一起前往雪士达山，这一天是玛雅卓金历的"红蛇波符白狗日"（也是我男友的13天生日周期中，代表无条件的爱之日）。我一早起床拎着行李下楼，虽然男友在台湾还有事，无法和我一起去，但他还是睡眼惺忪地送我上车。

经过一天一夜，转了三次飞机，我们一行才从东京到了旧金山的雷丁小镇，时差错乱到完全失去时空感。到了雪士达山区，我的时差还没倒过来，就被那里神圣宁静的气氛给惊醒了，人也从搞不清楚白天黑夜的"昏迷状态"瞬

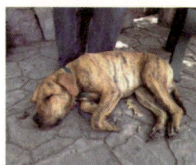

间变得精神百倍。

　　我们入住雪士达山山下的小屋时已是傍晚，第一眼的雪士达山还晕染着羞涩的桃红，加上沿路心灵修行与水晶疗愈用品的专卖店林立，兴奋的我决定要好好搜括一些神圣图腾，纳入我的"2012私家恋物博物馆"中收藏！

　　我们在小木屋休息了一晚，第二天直接进到森林里静心。Yantara以水晶钵加上唱诵，让我们在微风、树林、阳光下享受灵魂解放到无边际的大自由。接着我们还去河流的最上游、也是泉水初涌之地取水净化自己，冰透入骨的冷水刺激使得人也醒了大半。

　　沿路有几位"流浪者"：一个人背着全部家当，带着一条狗还有一张随手涂写"SOUTH（往南

方）" 或 "NORTH（往北方）" 的搭便车牌子，就这样在雪士达山随意逐车而居。有人搭帐篷傍湖而居，也有的是开露营车来的……城市里有哪个豪宅能有这么多树与芬多精围绕？这些流浪者虽然没有房屋产权，却是以天地四方为家的生活富豪。

我才来两天，心中只有一句话：我找到了真正的人间天堂。在山脚下，有许许多多用石头排成的图形：螺旋状的、同心圆的、星形的……也有像西藏那样的玛尼堆，因为有很多团体在这里举行各式各样的静心仪式，所以人身在此地，就对雪士达山不由自主地升起最高敬意。最特别的是这里的人，包括我们迎面遇到的每一个人或是餐厅里的服务员，都带有

天人合一的天使气质：既谦卑有礼又自信自由，既亲切友善又充满爱、温柔体贴。这里就是真实的乌托邦。

在雪士达山的七天之旅中，最奢侈的就是在红木森林中边散步边深呼吸一整天，这对于长期在冷暖空调下工作的我而言，是非常难得的身心大回归。

　　森林一向是我的灵感来源，特别是上次屋久岛的美好经验，让我更乐意走进雪士达山里。这次我们一群人特地去找了一棵上千岁的巨大老树。听着空灵的音乐，在树下打坐，闭上眼睛，耳朵变敏锐了：风声、鸟声、蛙声、树叶婆娑声……不再被车声、电视声、邻居的咆哮声吵得烦躁，想象力也变好了。于是我幻想自己飞到老树顶梢，从上面俯瞰底下如蚁的人们来来去去，用快转的方式把人间千年的悲喜兴衰都看尽了，我终于能体验老树如如不动、宠辱不惊的智慧与底蕴，这让到了不惑之年的我，提前有了"五十而知天命"的海阔天空。

　　在森林中，我会特别观察树的各种姿态，把它们想象成美丽的舞者，研究它们的曲线。正因为没有两棵树是一样的（我们在城市里却常常看到差不多样貌的建筑），所以我能在不同的树上看到迥异的生命质地：粗糙有层次的

树皮，就是这棵树以一生的时间斑驳而成的书页；错落多彩的叶缝透出靛蓝的天光，这就是我想象中的最生动的自然天顶；有些树体有巨大洞穴，我们轮流进去，体验成为一棵树的感觉——树的能量透过树根树梢，与天空星网、大地之母相连。我还喜欢捡拾掉在地上的树枝与松果，前者像是藏有法力的魔杖，后者则是可以拿来祈求丰盛的贡品。我总是会在各国森林中带一两颗松果回来，把它们喷上金漆，堆在我家殿堂上，欢迎当地的灵气入境。

　　我常常告诉学生们：如果想训练自己的敏感度与观察力，就到一座森林里，用画一棵树的时间好好端详一棵老树，想象一下它从一粒种子至今的千年生命历程，仔细凝视它每一分每一秒因阳光而产生的变化，看到它被风摇动的美，清楚分辨出它与旁边的树的差别，如果分不出来，那就无法洞察出生命之奥秘。

　　走在森林中，我们这一群人里有人唱歌，有人喃喃自语，有人抱着大树感应灵气，仿佛进到了魔法森林，每个人都能在其中找到自己的宝藏。有时我们会走向瀑布，在迎面而来的水花底下静坐、唱诵，听自己的声音回荡在水瀑之间，这里就是立体声环绕音乐厅，水瀑的低声力道把我们都震得很沉静；有时我们会拿起相机对着阳光与水花拍照，看着光线透过水滴折射成了彩虹圈，镜头定格的就是神仙之境。

　　雪士达山有一种无法言喻的魔力，让吵闹的人安静，让复杂的人单纯，让不快乐的人开心，让担忧未来的人安于当下 ——我突然羡慕起森林里的一虫一鸟一草一木，它们不需土

地所有权，不需门牌，有的是整片天空、整片大地的奢豪，住在狭窄的城市大楼公寓里的人们与它们相比，才是住在"鸟笼"里。我印象最深刻的是两只蛞蝓，以非常缓慢的速度靠向彼此，直到碰触对方……我突然觉得大自然之间的恋爱好单纯，不管对方有没有房子车子，只要能靠近就能在一起，少了人类的自寻烦忧与身边三姑六婆的七嘴八舌，动物界的爱情简单到令人羡慕。

　　除了去泡冷热泉帮自己排毒之外，这次我来雪士达山的主要行程是去参观当地非常著名的水晶钵展示中心。记得我第一次在台北听到水晶钵清亮的天籁之音时，非常感动，声波在我的全身起了共鸣，鸣声之大，不仅让我瞬间忘了自己是谁，还将所有的烦恼立马震光，那声音像是有人在我身

体里敲了一记响钟，嗡嗡的声音回荡在脑环场与
血流域里，想不觉醒也难。

  我们身体里有 70％ 是水，水有水的结晶体，
不同的声波会引起水结构产生不同的变化，这就
是为什么"声音疗法"这几年在全球风行。这些
在现场展示的各形各色水晶钵，加入了 99.99％ 的
纯石英水晶、宝石、贵金属、矿物质等，在 4 000
摄氏度的高温下被制作出来，当这些原料被融汇
在一起成为钵的形状时，因为高度、宽度和它发
出的声音音频不同，就产生出了不同的振动频率。
每一个水晶钵都有独特的音质，对于人的身心的
影响也不同，许多第一次听到水晶钵声音的人，
都会感到无比惊讶，在身心各个层面上享受到极
乐喜悦之境。

我们坐着聆听中心负责人现场演奏大约30多只水晶钵：第一个音还在耳边徘徊，第二个音就跟上来产生共鸣，当一连串不同的音调同时回荡在空气中，身心就如钢琴般被温柔地调音，很多人舒服到瞬间睡熟了，不知神游到哪个仙境了，这场非常难得的水晶钵聆听经验，我绝对终生难忘！

展示中心里除了各款美丽的水晶钵之外，还有许多水晶饰品、神圣的图画、身心疗愈音乐……每一样都好想带回家。在这趟旅程中，我还有一次最震撼的经历，就是在山上俯瞰蓝湖的那一幕——这可是我们辛苦爬山约一个多小时换来的。这湖被山包围，干净清澈的程度比起西藏纳木错湖有过之而无不及。我们就在

山上对着雪士达山主峰以及靛蓝的湖面，在水晶钵音波下一起静心。我平时就喜欢在家打坐，但在这里打坐的不同之处在于：有阳光的温热、有凉风的抚触、有音波的"助震"……把平时所体验的打坐意境透过天人合一扩大到无边无际，这应该是我最远也是最棒的一次心灵之旅。

等到静心结束，大家带着满满的感动下山走回湖边，每个人拿了自己的蔬菜沙拉盒在湖畔野餐。波光粼粼的山湖之美让我们忘了松鼠与蜜蜂也正虎视眈眈地想袭击我们手中的美味。平时鲜少与自然生物互动的我，心甘情愿地把食物分享给它们，一只小松鼠吃了一颗坚果后就一直跑来要，蜜蜂则直攻沙拉盒里的鸡肉块，我们一群人围观讨论起"蜜蜂怎么舍弃蔬果不要，只捡肉来吃"，为了不破坏生态平衡，赶紧把肉移走，免得将来蜜蜂改吃荤的，那就惨了。

此趟雪士达山之旅最令我兴奋的是：我们意外
造访了当地的世界知名心灵音乐家 Eric（埃里克）
在森林里的家。这可不是我们原先安排的行程，机
缘巧合，一位随行团员是台湾灵性音乐风潮唱片公

司的老板，他必须要抽空拜访 Eric 谈音乐版权代理事宜，所以就选在某一天下午，只带几位与他比较熟的团员一同前往。

车子蜿蜒在美丽的雪士达山间，沿途我不禁对 Eric 能住在雪士达山区感到羡慕。进了他家大门口，实在是不敢相信，他家拥有的不只是院子，而是整片森林！我们走入他位于森林中的别墅，一进门就看见各种神圣之图物，包括水晶、卧佛、圣母、印度神、天使图……这里简直成了世界宗教博物馆，每一样圣物都是 Eric 从世界各地带回来的，他跟我们一一说了这些宝物的来历，让我们一行六人惊叹不已。难怪他可以创作出数十张世界知名的音乐专辑，得奖无数，原来他为自己创造出了这么棒的音乐创作环境：面向整片森林的落地窗边就是

他的白色大钢琴、竖琴、有音乐创作软件的苹果电脑。Eric 说他经常看到院子里有鹿跑进来吃草，他的许多音乐灵感就是来自每天鲜活的森林声音动态，也包括他环游世界与当地人交流激荡出来的成果。

Eric 带我们上了二楼的疗愈工作室：一张单人床上面架着一个金字塔模型，床边摆满了水晶，他说这是他帮人做音乐疗愈的地方，每当有人忧郁、哀伤时，可以跟他预约诊疗，他会花一个半到两小时，以唱诵、音乐、花精，为这个人的身心做调整与释放，他还当场示范了一小段疗愈音乐，让在场所有人都非常感动——结果更大的惊喜来了，他邀我们参加第三天在他家举办的小型音乐会，与一个来自澳洲的团体一起，于是我们又有了第二次造访他的机会。

就在我们雪士达山行程的最后一天下午，全团 20 人准时到了他家，澳洲团也是 20 多人，加起来大约 50 人排排坐在他家客厅，由 Eric 与他的爱人现场演奏，为我们举办一个小型音乐会。他们一连唱弹了快十首曲子，Eric 会在下一段演奏之前告诉我们这首曲子的意义是什么：有的

音乐听起来让人放松宁静，有的音乐会让人感到莫名的开心，有的音乐则是非常悲伤，全部的人（包括许多大男生）都哭了，我的眼泪也止不住地流，还好下一首就是疗愈哀伤的音乐，大家才恢复清朗愉快的情绪。

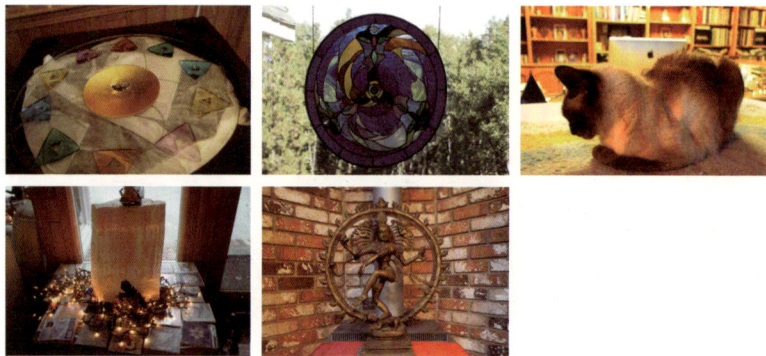

最后 Eric 带领我们一起对着他家客厅中心的地球仪进行和平祈福仪式，所有人都双手合十，闭上眼，把心中的祈愿一起说出来：希望这个世界上从此没有战争，每一个人都互相尊重、互相礼让、互相照顾、永远和平、永远快乐……我的这趟雪士达山之旅也在满载感动中结束了，在返程的飞机上我再度对着雪士达山许下心愿：明年我还要再回雪士达山至少待一个月，把一年 1/12 的时光拿来寻回我的人之本质，让我的身心灵回归四星期！

这次的雪士达山之旅帮我的创意库加了好多精彩感动的画面，真的是不虚此行！

10月

Chapter_10

波斯尼亚万年金字塔之旅

可能会改变人类历史的万年金字塔

维也纳的早餐

就在 2012 年 7 月，我的新加坡好友 Yantara 去了一趟波斯尼亚，特别去参观访问了传说已久的出现于史前时期的万年"金字塔"。他回来后跟我们分享那里的许多奇特感受，让我很心动，本来打算第二年去一瞧究竟，但没多久，我的塞尔维亚籍的玛雅历老师 Ana（安娜）约我十月去波斯尼亚，于是我就在台湾临时邀组了一个参加"波斯尼亚金字塔冒险之旅"的 13 人小团体，去那里亲自看看到底是真是假。

我与男友从香港出发到维也纳时已经是凌晨了，因为距离中午转机时间还有几小时，所以我们就出关搭地铁到市区逛一逛，

看看大教堂，然后到中央咖啡厅吃个丰盛的早餐，还去了宫殿附近逛街。因为我们必须在限定的时间内回到机场，而我们又想在有限的时间里逛最多地方，于是"临时快速应变"与"当下毫不犹豫地决定"，就是我们这趟旅程一开始要学会的——我从没见过常旅行的笨蛋，就是因为在异地的新鲜人事物与轨迹，会刺激人长出新的脑神经元。

第一眼认不出来的太阳金字塔

　　回到维也纳机场再转机到波斯尼亚，真是非常辛苦的行程。等到我们一入住 Visoko 小镇上的酒店，从餐厅窗户向外望便看见一座挺立的山，我的玛雅历老师 Ana 说那就是太阳金字塔，如果没特别指明，它看起来就是一座普通的山丘，因为上面都被树密密地覆盖着。

　　Ana 告诉我们，这一发现来自金字塔专家 Semir（泽米尔）博士。他在研究完埃及与墨西哥金字塔后回到自己的国家，有一次不经意站在山丘上，发现眼前的山形非常像"金字塔"，便开始比对研究，于 2007 年 4 月进行挖掘，果然发现了一些人工几何切割的砂岩石板，得到了惊人的发现——其实总共有五座金字塔山：太阳金字塔、月亮金字塔、龙金字塔、大地之母金字塔、爱金字塔，这五座大小不一的金字塔都呈现了全世界金字塔的共

同特征：金字塔的四个方位分别直指正东西南北向，金字塔底下有人工的地下通道与水道，金字塔呈现完美的边线棱线，金字塔是群体而非单一存在……越来越多证据指出波斯尼亚金字塔可能是目前地球上所发现的最古老、也是最大的金字塔，因为研究者将金字塔上方所覆盖的土壤做分析后，发现其地质年龄竟达 12 000 年以上，远远超过埃及胡夫金字塔的 4 600 年，也远远超过人类的 8 000 历史——如果这研究发现为真，那么就将大大改写人类历史，也等于间接证明有所谓的"史前文明"存在。不过其他金字塔专家开始怀疑、甚至攻击 Semir 的研究，所

以在目前不确定真相为何的情况下，我们能亲自探访这传说中可能颠覆人类历史的金字塔，真是一个有趣的体验。这让我想起三月才去过的屋久岛海底金字塔，一样是被其他专家质疑是天然形成而非人工所为，所以这次我也亲自来看

到底真相为何，眼见为实，不去听别人的，不以讹传讹。

　　我们很幸运，第二天 Semir 博士亲自带我们参观已经开挖的地下通道。这些地道很特别，不仅直指金字塔方向，笔直交错，而且一直都是保持在温度为 12 摄氏度、湿度为 85 的状态，空气流通非常好。Semir 博士说，根据研究团队的检测结果，地道里的负辐射数值为零，负离子也高于平地很多，气喘病人甚至一般人在这里呼吸都会感到很舒服，而我自己在地道里面也真的感到平静，呼吸顺畅愉快，一点儿都没有压迫感。此外，Semir 博士还向我们指出地道里有许多巨型的人工陶泥石，上面有箭头标明了地下水流方向，如果把双手放在这些陶泥石上方，体热的人摸起来会感到冷，体冷的人摸起来却会感到热，具有平衡阴阳的效果，所以我们这群人玩得很开心，也当场把身上袋中

所有的水晶宝石都放在上面调节能量。

在参观完目前已开挖的地道后，一走出来，中午的阳光就刺眼夺目，小镇的风景显得明媚如画。而我们也将在未来一周陆续探访这五座金字塔，这真是我 2012 年惊奇的考古探险之旅啊！

这里可能是目前发现的人类史上最古老的金字塔区，虽然相关科学证据一一浮现，但是一切都还未定案，所以我们还有机会踏上尚未开挖的金字塔，不像墨西哥奇琴伊察金字塔已被管制、不得进入与登顶，所以我们这群人有先"赌"为快的心态，万一这里被确定为万年金字塔，在全面开挖与管制期间，恐怕连靠近都没办法了。

在去波斯尼亚之前我一向讨厌爬山，主要是因为自己有气喘，关节也不太好，所以觉得搭车、骑马、坐缆车都好，就

是尽量不自己走。但波斯尼亚金字塔这里啥交通工具都没有，得靠自己一步步登顶。还好金字塔不太高，而且 Semir 博士说这五座金字塔很奇怪，无论老弱妇孺，几乎都是越爬越带劲，到了金字塔顶端反而精神体力更好——我就是最好的试验对象，在我第一次爬波斯尼亚的太阳金字塔时，开始时脚步缓慢而沉重，但说来也奇怪，居然越爬越轻快；以前通常爬不到十分钟就气喘吁吁、后悔不已，这次却越爬越快，从全队的最末一路"加速超车"到第一个，不仅能大口且平稳地呼吸，关节也出乎意料地完全不痛，不知是金字塔太神奇还是 Semir 博士催眠成功。总之，这是我最愉快的一次登顶经验，也让我体会到，如果能有好体力去旅行，就会让整个旅程没有病痛，只有越玩越带劲的狂喜。

我在这几个金字塔的感觉都很不一样：当我在爬最高的

"太阳金字塔"时，越爬心胸越开阔，阳光一直加持着我，到了山顶，身体温暖到让人开心地想笑，所以就跟金字塔顶上的两个小男生一起大跳"江南style骑马舞"，整个人都玩开了。爬"月亮金字塔"时却是越爬越沉静，加上登顶时正逢日落，粉红云彩把上空染成了梦幻天幕：太阳快落下，月亮却已悄悄升起，我同时仰望太阳月亮都在天上的那种幸福感至今都还有，所以我们一群人在月亮金字塔上一起击鼓跳舞，欢庆白天的完美结束，欢迎夜晚的璀璨到来。

当我爬上"大地之母金字塔"时，因为上面的荒草藤木较多，不宜攀爬，所以就在往上几步路的地方停下来，躺在地上感受"大地之母"的平稳能量，也正因为我躺平了，所以整个视野移向天空，阳光把多彩的树叶都洒上了鲜艳的光晕，我的世界顿时就只剩下天堂。在"爱金字塔"时，我的感觉是异常幸福，像是一切美好都理所当然，沉浸在明朗无惧的暖光之中，无边无际，所以躺在上面不想起身，更不想下山了。

最后一天我们到了"龙金字塔"，这里真像是电影《暮光之城》或是

《魔戒》中的场景，整片大斜坡森林里面充满了宁静而深邃的奥秘。我选了最中间的树倚靠其上，闭目感受整片林木与微风，全场安静到可以清楚感觉"地的脉动"，也像是有一条潜龙在地底，随时准备苏醒翻腾。

除了去各金字塔区之外，我们有时坐马车游公园的森林大道，让地水火风的能量在我们身上具足。傍晚我们还去探访水源森林区以及修道院旁的圣泉源区，让纯净水的声音与能量协助我们恢复身体平衡与体内流动。我与男友以最快的时间享受了现捞现烤的鳟鱼，十分钟内抢食完毕后就冲上车，还好没拖累全团的行程。

波斯尼亚金字塔是原始且充满愉快能量的

地方，如果你有好奇心，可以不带成见，把自己当成考古学家去探索！

清真寺与天主教堂林立 墙上都是弹孔的波斯尼亚

　　当初我来波斯尼亚完全是冲着万年金字塔而来，所以没有特别关注这里的政治，直到我们参访完了金字塔，在波黑首都萨拉热窝有两天的 city tour（市区观光），当地导游才告诉我们这里曾在 1992~1995 年发生过惨烈的战争，由于政治、宗教、种族的原因，城区内许多建筑都是弹痕累累。追溯到更早的第一次世界大战，导火线也在这个城市：1914 年 6 月 28 日，塞尔维亚学生普林西普在萨拉热窝开枪打死奥

匈帝国王位继承人斐迪南大公，奥匈帝国要求塞尔维亚惩罚凶手，之后认为塞尔维亚没有做到让他们满意，于是对塞尔维亚宣战；因为当时有许多国际结盟防御条约，所以欧洲主要强国都被拉进来，才有了第一次世界大战——我们就站在当初斐迪南大公被刺杀的那个街角，听完这么沉重的历史后，才知道这么美的国家，原来经历过这么多争斗与苦难。

我对政治与历史没兴趣，只喜欢穿梭在巷子里寻宝，神灯、铜版画、彩布、水烟枪、陶瓷茶具、中世纪铁网头盔、圣母像、珠宝手环与项链……我都爱不释手。以前战火猛烈的桥上现在各式小店林立，也挤满了观光客与此起彼落的杀价声，唯一会把我们拉回历史的，就是店里充斥

着许多军事用品，像子弹、军装、钢盔、军徽……桥上四处都放着的"Don't Forget 93"的石头，提醒正在这里享受和平的我们，不要忘了有许多在这桥上的战魂与血的教训。

萨拉热窝有美丽的清真寺，也有庄严的天主教教堂、东正教教堂，其中有一座穿越诸多葡萄庄园。Medugorje（梅杜戈耶）山上的圣安东尼教堂是当地最有名的，许多世界各地的天主教徒都慕名到这里朝圣，据说 1981 年 6 月 25 日圣母曾经在八个小孩面前显灵，让这教堂一夜爆红，目前这八个孩子都长大了。我们到这里参观，四周有数不清的卖宗教用品的小店，包括圣母像、神父袍、十字架项链、天使瓷像、圣人像……让人目不暇接，我虽然不是教徒，但也被教堂中极慈悲温柔的圣母像感动。

波斯尼亚是我所旅行的 44 个国家地区中最"矛盾"的地方：有万年金字塔，有显灵的圣母教堂，有引发第一次世界大战的刺杀现场，也有 1992~1995 年的战争的残破遗迹……在这么一个既有灵性又战争不断的地

方，可以感觉到这里的人有一种面无表情的领悟，他们经历了最久远又极端激烈的人类事件 —— 如果你想以最短时间经验 "人类史"，波斯尼亚是个很特别的地方。

Chapter_11

克罗地亚变局之旅

亚得里亚海的惊艳vs十六湖变天的惊吓

杜布罗夫尼克的古城与修道院

　　2012 年 10 月底我结束了波斯尼亚的行程后，11 月初就与男友租了车，与波斯尼亚旅行团中的两位男大学生以及我的玛雅历老师 Ana 一起自驾游克罗地亚 —— 这个被《国家地理》杂志评为 "2006 年最值得前往国家" 第一名、《Lonely Planet 旅行指南》发起的 "最佳自助旅游国家" 全球网络票选第四名的国家，一定有它被宠爱的理由。

　　离开波斯尼亚的沿途我还再三回望金字塔，直到看不见为止 —— 人生不就是如此？相见欢，然后离别，不知何时会再见。但下一段旅程来得很快，都还来不及感伤就被新的惊喜所掩盖。这就是我的个性，总是把行程排得满

满的，或许是因为我的潜意识害怕离别的感觉。

　　因为车程有好几个小时，所以我大部分的时间都是在车上补觉、补体力，偶尔清醒时就看看窗外的景色流动——除了坐飞机，经常旅行的我也很习惯这种长途车，我在创意书中曾提过，如果想帮自己的脑洗掉旧的思维制约，一个好方法就是坐火车、游轮或汽车，因为窗外风景一直在流动，所以很容易进入一种"流"的状态，而这种"流"是一种神秘经验，许多艺术家、作家都曾口述过这样的经验。例如《白日梦的力量》（*Daydreams at Work*）的作者艾米·弗列斯曾说："要形容白日梦状态中发生的创造过程，'流动'是精确的用词，在这过程中思绪从心灵中穿流而过（有时候是横冲直撞），在这种

创造力爆发突然来袭的时候，我们通常会发现自己处于恍惚的状态，连时间都失去意义；一旦处于另一种现实中，有创意的人可能会连续好几小时保持那个状态。"阿兰·德波顿在《旅行的艺术》中也曾经提过："旅程是思想的促成者。运行中的飞机、船或火车，最容易引发我们心灵内在的对话。在我们眼睛所见与我们脑袋中的思想之间有一种奇特的关联，那就是思考大的东西有时需要大的景观，而新的思想有时则需要新的地方，借由景物的流动、内省和反思反而比较可能停驻，不会一下子就溜走了。"就连知名电影导演史蒂文·斯皮尔伯格也说，他最好的点子都是在高速公路上想到的，因为他穿梭在车流中，却浸淫于川流不息的影像。

在车上最有意思的是那种空间感：身后的风景是"过去"，眼前的风景是"未来"，自己就身处在过去与未来的时空交界处，而且在不停地流动着——我从波斯尼亚到克罗地亚途中，就让自己的脑袋开始放空并进入一种新的流动频率，让自己准备接受一波新的旅行刺激。

等我们首站到了杜布罗夫尼克时已经是半夜了。从我们住的民宿阳台上可

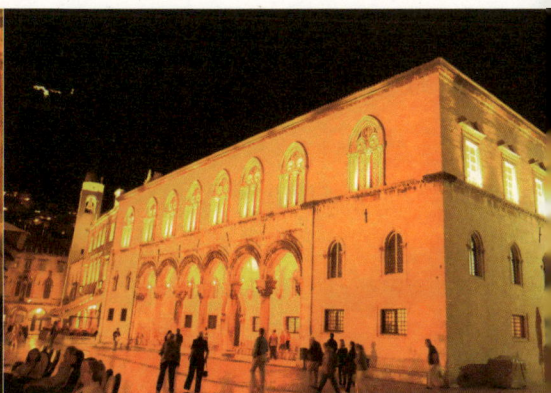

以直接望向灯光璀璨的城堡，缆车就从我们房间
上方通过，地点可以说是非常好，三个房间一个
晚上才 80 欧元，还附有厨房与一个望海阳台，比
酒店更有家的感觉。因为我已经非常累了，所以
就直接上床睡觉，"夜猫子"男友则拿着相机，先
往城堡里探险踩点。

　　早上醒来，手艺很好的男友在厨房煮了一大锅蛋粥，大家简单吃过后，就走下阶梯去搭缆车。缆车经过我们住的民宿上方，从上面往下看自己刚才坐过的桌椅，有点儿像是灵魂离开身体后，俯瞰自己曾经生活过的版图——缆车上的观光客很羡慕住在缆车下方的人，而我们十分钟前还在底下吃早餐……这种视角视野的骤变，就像从演员的角色瞬间变成导演，只要在旅行中多练习几次，将来就可以实际运用到自己的工作、人际交往与生活之中。

　　等到缆车抵达目的地，我从立有巨大十字架的山顶俯瞰整个城墙与亚得里亚海湾，有一种鸟瞰小人国微模型的感觉，美得很不真实——难怪爱尔兰作家萧伯纳曾经形容："想要目睹天堂美景，就要到克罗地亚的杜布罗夫尼克！"因为站在山顶就有登山而小天下的天堂视野，也只有这里才能一眼望尽

杜布罗夫尼克的古城堡、圣方济会修道院、有文艺复兴时期风格的宫殿、繁忙的海港、大大小小的船只……所有人间的繁华道具都在眼底，这就是人称的"亚得里亚海的珍珠"，我们只能以爱慕之眼来收藏它的光芒。

接近中午，我们乘缆车下山，开始走进城堡区的布拉卡大道边逛边吃；目不暇接的小店有的卖画、有的卖手工艺品、有的卖冰激凌、有的卖很有设计感的海滩用品……果然这里被称为"斯拉夫的雅典"，与我上次到希腊的感觉很像：开朗乐天就是这里的血统，创意活在每一个店铺中，走在路上连烦恼都没有。

住在杜布罗夫尼克最棒的是：可以随时搭船去周围的小岛，就如同我曾经这样形容希腊：因

为到处都是海，所以很好逃；因为到处都是岛，所以很难找——每个小岛都有自己的森林与湖海风貌，原始未染。我们一行五人搭船上了洛林岛（Lokrum）之后，有的跑到环岛湖里游泳，有的收集树皮溢流出来的松香油，有的面对大树采气练功，我则是追在野生孔雀的尾巴后面忙着拍照。大约一个多小时后返程，我从海上回望城堡，就像是自己的家那样眼熟亲切，很奇怪，才来这里不到12小时呢。

　　我特别喜欢在杜布罗夫尼克参观各式各样的教堂、修道院，尤其是日落时我们在城墙边走，边听着钟声边拍照，金黄色阳光挑染了所有的红屋顶，相机像是得了"失心疯"似的，一直不停抢拍此时最美丽的黄昏片

刻——看着停在港湾里一排一排的游艇，我觉得眼前像是孩子们的乐高积木，太整齐，美得像是一大幅油画，仿佛天幕一放下来就会全部消失。

因为我们太爱拍照了，所以城堡的管理员紧跟在我们后面，一直催我们离开——从落日下的金黄色城堡变到灯火点点的港湾夜景，不到一小时，却已经让我用掉了一整张相机记忆卡，而且相机也彻底没电，可见这里的美是高电力与高

容量才能承载的！

　　走出城堡，我们沿途进了好几所教堂，里面都在进行礼拜仪式，我们就在最末排的座位上感受一下虔敬的气氛。大约晚上七点半，我们到大教堂对面的露天餐厅享用海鲜大餐，有烤贝类、烤鱿鱼、烤鳟鱼……因为太新鲜，所以不需太多调味，挤上几滴柠檬汁就非常好吃，特别是烤鱿鱼，最让我惊艳，又脆又香，应该是我这辈子尝过的最难忘的滋味之一。

　　品尝完海鲜大餐后，我们就转往小广场上的露天咖啡座听现场演奏的爵士乐，慵懒而颓废的萨克斯的声音让我感觉 2012 真是让人迷醉的一年，置身在世俗担忧恐惧之外的一个"全然陌生又安逸的时空"，时间就停在这里，于是"末日"永远也不会到来。

　　越晚人越多，都是出来听音乐、喝咖啡、品酒、散步、聊天、吃夜宵的。日子太美好但生命有限，所以舍不得睡，于是我硬是改掉早睡的习惯，在杜布罗夫尼克尽可能玩到半夜，累瘫了才拖着身子回房间。在

这里的一天很长，因为每分每秒都在惊喜中，从风景到声音到食物无一不让我感觉连空气都是香甜的——此刻真的是太幸福美好，好到不禁让自己也嫉妒起自己来了。克罗地亚真的就是这样的人间天堂，我一到了就完全不想离开，这世界上有哪里比这儿更适合度过 2012 呢？

提前体验末日之变的
克罗地亚十六湖国家公园

我们离开杜布罗夫尼克之后，还开车前往小镇斯布利特（Split）住一晚。这座古罗马皇帝戴克里先的皇城中到处都有遗迹，夜灯一打，整个城就像是古罗马的戏剧院，很有时空错移的临场

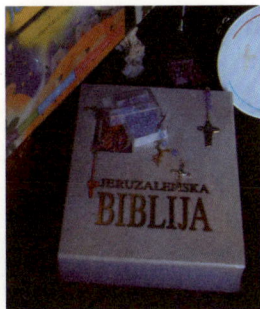

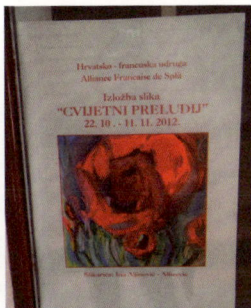

感。只可惜我们在这里的时间很短，吃了一顿丰盛的海鲜大餐后，汽车就继续往十六湖国家公园方向开。

其实很多人到克罗地亚就是冲着普利特维采（Plitvice）的十六湖国家公园而来，有人称它为"欧洲的九寨沟"，各式各样的湖光森林洞穴水瀑步道，像是让人走进巨大的风景明信片，有着超现实的梦幻感觉。

我们兴冲冲地带着许多去过的人的赞美前去朝圣，却没想到途中开始下暴雪（两天前是大太阳啊），我本来还侥幸地想，应该只是暂时性飘雪，很快就会停，没想到越靠近十六湖国家公园，雪就越大。我们只能在前一段路途中看到雪未掩盖的彩叶树林之美，深入之后就开始看到白雪皑皑，宛如圣诞节提前到来，整座山林全都变成了糖霜一样的白。如果待在有暖气的车子或是屋子里

　　看出去，是非常享受的，但只要一推开门窗离开 26 摄氏度的人造温暖，外面如天堂般的美景马上就 "回报" 给我们如地狱般的酷寒现实。还好我带了羽绒服、围巾、暖手袋，还可以应付暴雪，但我男友就苦了，他整箱全是夏天的衣鞋，只能把所有的衣服都穿上身。

　　等我们在酒店办妥手续入住后，就把重装备穿上，开始去酷寒之境冒险，看到我们停在饭店门口的车早已被雪覆盖住了，我像是个没看过雪的小孩一样兴奋，男友则板着脸跟酒店工作人员借工具清雪，果然是一念天堂，一念地狱。

　　记得我上次在这么酷寒的地方旅行，是在零下 50 度的阿拉斯加看极光，但那时旁边就有暖屋，可以随时冲进屋里回暖。这次的十六湖国家公园一出去就至少

两三小时，而且暴雪还在持续着，所以对从小在台湾温室里长大的我而言，这就是此生最大的考验。

十六湖国家公园很大，分为上湖区与下湖区。我们先搭一段船去下湖区，然后才开始徒步。地上湿滑，迎面飘雪，惨的是我没有戴手套，最不可思议的是：那里的小卖部居然没手套，所以我要在零下的酷寒中按相机，几乎等不了对焦就想赶紧把手再塞回口袋里。虽然我们已经看不到绿意盎然的山

林，但是看到了白雪压在树枝上的美，原本的林荫道却变成了进入仙境的白雪洞穴。最美的是从山顶鸟瞰大大小小的湖面与木栈桥道，有点儿像是俯瞰一个个手工精巧、染了糖霜的奶油蛋糕，真的就像在童话里，要不是这么冷，我还真羡慕自己身在这么脱俗的仙境之中——对我而言，2012是蜕变的代名词，我让自己体验了速变的极境之美，也为自己的人生写下最像圣诞童话的一幕！

萨格勒布，收藏所有破碎之心的失恋博物馆

　　在享受完几个克罗地亚美丽的海滨城市后，我们开车到了克罗地亚首都萨格勒布。车刚开进市区时我们非常失望，因为看到满眼高耸的现代建筑，与之前看到的红瓦屋群有很大的落差。还好听了表妹的建议，特别前往博物馆区、市集、博物馆、教

堂……那些地方恢复了我们对克罗地亚红瓦屋顶的"美丽刻板"的印象。

　　因为我们第二天就要搭机回维也纳，等我们找到博物馆区的路时已经傍晚了，许多博物馆已关门，所以直奔表妹推荐必看的失恋博物馆（The Museum of Broken Relationships），因为我以前失恋时曾想过开这么一家博物馆，把旧情人的东西全都封藏在里面。虽然现在处于热恋状态，但仍然不避讳地与现任情人到这里参观，毕竟两个人都有旧情旧回忆，我们总要从过去失败的经验中学到爱的教训！

　　还好这家博物馆开到晚上九点，果然是配合失恋者夜归买醉的生活作息，所以我们有充分的时间慢慢逛。博物馆外面是咖啡厅与商品销售部，卖很多与失恋有关的设计商品，比如眼泪提包、眼泪T恤、失恋专用的日记本……最特别的是

"坏记忆橡皮擦"，可以擦掉让人痛苦的难忘的回忆，我一看到就立马买了一个，准备送给刚失恋一直走不出伤痛的"姐妹淘"，希望她带着这个橡皮擦，可以不再被痛苦的梦魇纠缠。

买了门票后我们进入展厅里参观，其实这里不大，大概就两三个房间大小，但里面沿墙摆了来自世界各地的失恋品，包括一包还没送洗的旧情人的衣服、供前男友留宿的一日盥洗包、闹钟、相片、宛如"爱情遗腹子"的娃娃公仔、义肢、一起出游的车票、新娘礼服、粉红毛绒情趣手铐、劈开两人共用的家具的斧头、生气时砸碎的玻璃、头发……每一样东西旁边都有捐赠者讲述的这件"爱情遗物"的故事。我还看到墙上挂着一个写着"We broke up on skype（我们是在 skype 上分手的）"的时钟，不禁感伤，网络时代连分手都这么轻而易举，现在若有人想分手，可能用微信更快！

如果正在失恋，来到这里会稍稍宽慰，因为失恋的不止一人，这世界上很多人都在陪着你一起伤心——奥林卡·维蒂察（Olinka Vitica）

和德拉任・格鲁布希奇（Drazen Grubsic）这两位曾经相恋的艺术家，因为分手时不知道该怎么处理对方送的礼物，所以一起成立了这家"失恋博物馆"来保存两人曾经短暂拥有的爱情记忆，也顺便透过到各国展览的机会，就地收集当地的"失恋品"。于是我就跟男友开玩笑地说："如果你敢惹我生气，我可就要把你刚买来送我的粉红皮手套放在这博物馆了！"

萨格勒布的夕阳与夜景真美，一改我对这城市的第一印象，原来我们不能相信自己带有成见的双眼，每一个到面前的人事物，都需要以纯净之眼待之，否则成见会遮蔽了好奇心与探险的行动力——这就是我此趟旅行中最好的创意学习！

下次大家若有机会到萨格勒布，千万不要忘了到这博物馆看看别人的情事，特别是正在失恋或是热恋的人，会特别有感触的！

失恋博物馆（Museum of Broken Relationships）
地址：Cirilometodska 2，10 000 Zagreb，Croatia
电话：+385 1 4851021
电邮：info@brokenships.com
网址：brokenships.com/en

Chapter_12

巴厘岛艺术之旅

象神·梯田·雨后霓虹的圣山奇迹

　　这次因为男友人在巴厘岛，所以我们十二月份的奢华极乐之旅就定在岛上的乌布（Ubud）。等男友忙完，我就飞过去跟他约在玛雅乌布（Maya Ubud）酒店见面。台北的十二月很冷，所以我穿着羽绒衣上飞机，一到巴厘岛就快把我热死，一路脱外套到只剩下短袖短裙——五小时的航程就有这么大的温差，住在恒温带的我应该要选季节旅行。

　　上了酒店的车，往乌布方向要开两个小时，虽然我前一晚完全没睡，努力把年底前要交的专栏稿备齐，但一看到沿街的佛木雕、印度神像、

手工艺品……还是眼睛一亮，一时错觉身在印度——我感觉自己整个 2012 年的旅程，都被上天好好地庇护着，这些巴厘岛的众神像，让我开始感恩这为期一年的幸福还持续着，所以舍不得阖眼。

到了玛雅乌布酒店，警卫用防爆侦测器检查了我们的车子后（因为之前巴厘岛曾遭遇过恐怖袭击），车就将我直接载进正厅门口。一看到酒店，我整个人就放松了下来，像是回到了丛林里，从此再也没有奋斗的需要与理由——这里就是我在 2012 年 12 月的巅峰体验：平静的天堂，不再需要目标，一天变得很简单，就是睡到自然醒，过不重复的生活到晚上。

房间更是惊艳，阳台上可以看见一望无际的田野绿意，有点儿像是杭州富春山居的茶田，只不过这里换成了一阶一阶的水稻与椰子树，感觉我又回到了《盗梦空间》中的同一层场景。这里果然是写作的好地方，可以有源源不绝的灵感，唯一要克服的就是发呆发懒——谁舍得花时间在这样的景致下埋首笔耕呢？

我把行李一放下就直奔下午茶区：尝几个简单的南洋茶点，

看着眼前简单但层次丰富的景色，没多久就入定了，难怪很多人一到巴厘岛的冲动就是：买房子，这里的房子比许多大城市便宜很多，环境又好，更是新鲜空气的原产地，满眼都是天与地——这才像是人的生活。

还好，我们在这里将待上一周，所以酒店里的 SPA 设施、直面森林的泳池……就是我们俩七天下午时光的场景；在这里身体会被好好对待，灵魂也是，环境好坏影响了人的善恶习性，一个地灵人杰的地方总能让人不知不觉地恢复"神性质量"。

在乌布，白天活动的选择很多，可以像电影《美食、祈祷和恋爱》中的女主角一样，找当地的巫医诊诊病、算算命。我听司机的推荐，找了一位当地最有威望的老巫医，

他还没碰触我就知道我的身体哪里有问题，然后拿着小木棒点触我脚底的对应点，真是一压就致命地痛。

他就像慈祥的祖父一样告诫我放松，不要自我要求太高，导致压力过大、消化系统失调……男友的身体倒是好得很，他一坐在老巫医前面就被赶走，说他身体好得很，还来这里干什么。

我拿了用于关节痛的药油，也照吩咐嚼了几片叶子，离开前只需照自己能力包红包给老巫医就行，但他不在意钱，任大家把钱放在柜子上也不去收，果然有佛心。

在乌布最幸福的是按摩很便宜，无论是脚底按摩还是全身按摩，大致来说都非常好，而且可以便宜到每小时只需五六美元；还有很多具有医疗能力的

按摩整脊师可以上门服务，整天
按下来都比在台北按一小时便宜。
如果要找贵一点儿的、环境美一
点儿的按摩水疗中心，也有很多，
每天试一家，可能几个月都试
不完！

　　一如在雪士达山看见灵性商
品的兴奋，我发现乌布这里有更
多的灵性商品专卖店，逛都逛不
完。可见来乌布的观光客多半与
身心灵修行与疗愈有密切的关系。

　　就在一次去当地最有名的烤乳
猪店途中，我看到一间小小的玻
璃屋，里面摆满了各种灵性商品，

　　从生命之花、水晶、金字塔到连雪士达山也没有的玛雅图腾——这里几乎囊括了东西方所有的神圣图腾。我与男友一进去就是两小时，而且我们此后几乎天天都去报到，来这里很容易买到"失心疯"。

　　在乌布逛街是享受，也是一种洗礼，这里从橱窗到商品都具有当地的特色与创意，走着、看着，人就很容易进入狂喜的状态。所以建议每个来巴厘岛的人，尽量把行李箱留出大部分空间，这样才装得下到乌布的战利品。

　　天气好的时候，我们上午会请司机载我们到附近的农庄品尝并采买当地的茶、农产、麝香猫咖啡，下午再回市区按摩或是逛街。有趣的是，有一次我居然看到一只狗在傍晚时分叼着一包垃圾往垃圾车的方向走，原来这里有些狗已经被训练成可以帮忙丢垃圾的家庭成员，真是有灵性又善解人意啊！

　　这次最让我惊喜、也是我整个 2012 奢华极乐之旅的巅峰奇妙经历就是：清晨四点出发去当地人视为圣山的巴杜尔火山看日出，本来沿途有厚云暴雨，我以为看不到了，结果等我们到了目的地，我坐在车里对着窗外的火山安静地祈祷，大约十分钟后，不仅雨停了，日出了，还出现了非常难得的彩虹，连住在巴厘岛 30 多年的司机也说非常罕见，这是他此生第二次看到的霓虹（双彩虹）奇景。我极开心地一边拍火山日出一边回头拍彩虹——彩虹很快就会因为太阳升起而变淡。就在那几分钟内，大自然在我面前瞬间示现的奇迹，让我既感动又感谢，于是拍完照后，我就直奔巴厘岛第二大印度教庙宇，也是祭祀湖水女神 Dewi Ulun Danu 的巴杜尔庙（Pura Ulun Danu Batur）大大感谢一番——幸福很简单，看到粉彩般的

日出与清晰美丽的彩虹，就是充满奇迹的一天！

　　就像之前的屋久岛之旅、雪士达山之旅一样，每次旅行我的意外收获之一就是认识当地的艺术家。在我还没到巴厘岛之前，男友就认识了一位当地的艺术家，他有自己的"竹艺廊"、一间取材于大自然的染布衣店，还有自己的民宿。我很感动的是，他会义务教当地人英文、做饭、谋生，所以很多人把他当成自己的父亲一样敬重；更特别的是，他

还帮房东教育孩子，所以房东反过来服侍他，帮他做饭、开车，他们很像是一家人，而非房东房客的关系。

我们拜访了这位艺术家很多次，他还做了一桌地道的印度尼西亚菜招待我们，让我感动于这份来自巴厘岛的盛情。有一次，他还向我们展示他精心画了好几年、灵感来自梦境的新作品：一个正在坛城里跳舞的湿婆神……听他讲梦、人生领悟、艺术创作、教育与传承，我感受到他

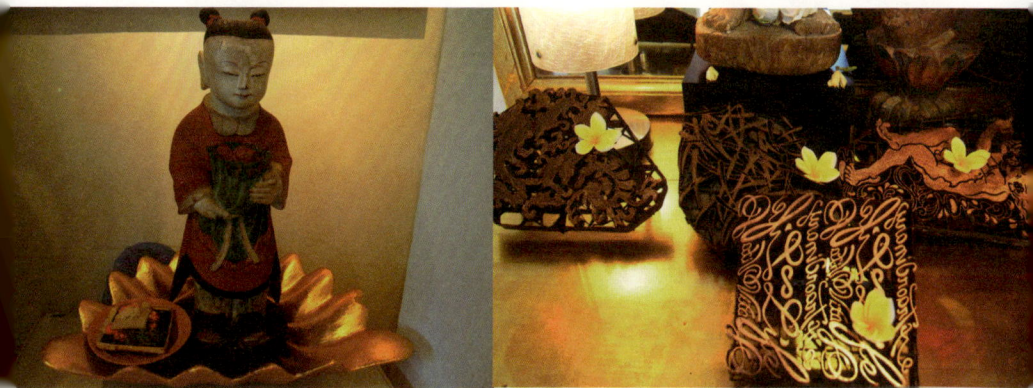

惊人的创作力量，他真正活出了巴厘岛充满爱与
关怀的生命力——这几天的相处与聊天，是我在
2012 年奢华极乐之旅中受到的重大启蒙之一。

有时艺术家不在，我和男友就自己在外面找
餐厅吃饭，享受两人的烛光晚餐。街上到处都有
叶子编织而成、里面摆满鲜花、鸡蛋等供品的祭

盒，敬天爱人是巴厘岛生活实践的一部分，人与神和平共处，每一条路都被深深地祝福过。

　　在乌布的最后一天，我们包了一部车，到巴厘岛最南端的乌鲁瓦图寺（Pura Uluwatu）拍夕阳，看祭神舞，坐在沙滩上现点现吃海鲜。很巧的是，服务员引领我们在漆黑的海边入座时，桌号竟也是 7 号，与我们在富春山居拿的钥匙柜号相同，"7"就成了我们俩的爱情密码，到

哪里都如影随形。

　　回到玛雅乌布酒店，静谧的夜穿过梦境，直达丰盛的早餐，2012年最后一站的奢华极乐之旅终于结束了。

　　现在是 2013 年，当我逐一回忆、书写这些片段时，我不禁嫉妒起 2012 版的自己，也感谢当时的自己可以这么大胆地把生活过到那么幸福极致。

　　　　2012 年是空白年，也是我的丰收之年，逐月造梦一一成真，这些满载的创意电力够我用十年有余——这本书就是我为自己刻的一张美好的记忆光盘，让我可以随地播放、随时重建幸福，也希望能刺激你们，让你们有立即想出门旅行的冲动！

Resume

李欣频的二三事

R e s u m e

台湾政大广告系毕业，政大广告研究所硕士，北京大学新闻与传播学院博士，在北京中医药大学修习半年。

曾于北京大学新闻与传播学院任教《广告策划与创意》课程长达四年。

曾任大陆旅游卫视频道《创意生活：土耳其、台湾》特约外景主持人。

有作家诗人的孤僻性格＋灵修者洞察深处的眼睛＋旅行者停不下来的身体＋广告人的纤细敏感与美学癖＋知识布道家想要世界更好的狂热＋教育者舍我其谁的使命感。

曾任诚品书店特约文案、宏碁数字艺术中心特约文案创意。

台湾广告作品包括

诚品书店、诚品商场、中兴百货、远东百货、宏碁数字艺术中心、富邦艺术基金会、台新银行玫瑰卡、台北艺术节、莺歌陶瓷博物馆、加利利旅行社、台北市都市发展局、统一企业集团形象广告＋饮冰室茶集、雅虎奇摩网络剧、台湾大哥大简讯文学奖、公共电视形象广告案等。

R e s u m e

大陆广告作品包括

现代传播集团《周末画报》《优家画报》《iweekly》形象广告案，西安音乐厅、汕头大学图书馆、CA BRIDA 等。曾为香港杂志《号外》《北京晚报》《中国图书商报》《城市画报》《嘉人》《时尚健康》《优家画报》职场等专栏作家。

两岸讲学资历

曾为台湾科技大学、中原大学、台北大学、成功大学、学学文创、诚品信义讲堂、北京大学新闻与传播学院……广告、创意、创作、出版课程之讲师。曾为台湾《康健》杂志、南山人寿、SOGO 百货、新光三越、NOVA、诚品书店、台湾大哥大等企业内部创意训练讲师。

获邀至马来西亚华人书展、新加坡、香港等地演讲，在中国书刊发行业协会主办的书业观察论坛、上海书城、上海图书馆、北京大学国际时尚管理高级研修班、北京联合大学、北京民族大学、美国协和大学 MBA 中国中心以及第二届中国国际文化创意产业博览会、北京 798 之 AH 创意沙龙、厦门 32 SHOW 创意院落、上海十乐、广州城市画报主办之创意讲堂、深圳人民大会堂等各地官方讲堂或创意产业园区中演讲，并为中国第一娱乐互动门户猫扑网、招商银行、淘宝网、中国电信、蓝光进行企业培训。

曾任《北京青年周刊》换享创意竞赛评审、2008 广州日报杯华文报纸优秀广告奖的决赛评审、全球最大学生创意竞赛金犊奖决选评审、FRF 时尚“拒绝皮草艺术设计大奖决选”评审、2009 台北电影奖媒体推荐奖评审、连续五届台湾广告流行语金句奖评审、2009 年台北电影节媒体推荐奖评审、诚品文案奖评审、南瀛奖动画类评审、董氏基金会大学筑梦计划决选评审、台湾《中国时报》文彩青年版指导作家、TWNIC 第五届网页设计大赛决选评审委员、台湾金钟奖评审委员。

2004 年数字时代杂志选为台湾百大创意人之一。天下远见文化事业群之《30 杂志》2006 年 9 月号，选为创意达人之一。入选搜狐 2009 年度时尚人物创意家。于 2013 年 7 月入选腾讯名人访问团参访韩国。获得 2013 年 COSMO 年度女性梦想大奖，并入围 2013 中国作家富豪榜、讲义杂志年度最佳旅游作家。

散文作品被收录于《中华现代文学大系》散文卷。文案作品被选入《台湾当代女性文选》。2009 年台湾金石堂《2012 书展》选为不可错过的八位作家之一。2010 年统一企业主办网络票选年轻人心目中最喜欢的十大作家之一。

曾广告代言

SKII、香奈儿彩妆、PUMA 旅行箱、Levis 牛仔裤、NIKE、Aêsop 马拉喀什香水、OLAY、汇源果汁等。并与《南京！南京！》导演陆川、知名歌手郝菲尔共同获选为 2008 年度 Intel 迅驰风尚大使。

已经旅行包括东西北欧、希腊、东北非、迪拜、印度、南美（秘鲁、墨西哥）等 45 余国。

R e s u m e

李欣频作品

广告类

《诚品副作用》

一上市即登卓越经管类第二、广告类第一，中国当当网
2007 年度管理类图书推荐榜前三名。

《广告拜物教》

一上市即登卓越经管类第一、广告类第一名。

创意类

"创意天龙八部" 系列

《人生创意课》14 堂课教你如何画一张精彩的生命蓝图
原《14 堂人生创意课 1》，一上市即登卓越网络书店市场营
销类第一名，经管类第二名，已再印多次。2013 最新增修版。

《创意云世纪》

创意→创造→创世，12 种启动创意风暴圈的方法
原《14 堂人生创意课 2：推翻李欣频的创意学》获得第 18 届
中国西部地区优秀科技图书三等奖，当当 2009 年心理励志
类十大好书第三名，已再印多次。2013 最新增修版。

《创意问答录》
关于写作·创意·旅行·人生的 50 问＋笔记本圆梦学
原《14 堂人生创意课 3：李欣频的人生蓝图＆笔记本圆梦学》，已再印多次。2013 最新增修版。

《创意能源库》50 项私房创意包·50 样变身变脑法
原《李欣频的私房 50》，已再印多次。2013 最新增修版。

《旅行创意学》
10 个最具创意的"旅行力"，快速累积人生里程数的方法
华语文案天后、北大创意导师李欣频 2013 最新力作。

《量子创意课》
北大 10 堂创意课，10 个量子跳跃改变命运的创意方法！
原《10 堂量子创意课》，已再印多次。 2013 最新增修版。

《变局创意学》10 个关键词教你逆袭命运，玩转百变人生！
原《谁说这辈子只能这样：李欣频的变局创意学》，已再印多次。2013 最新增修版。

《打造创意版自己》21 天养成创意脑与创意人格
华语文案天后、北大创意导师李欣频 2013 最新力作。
电子工业出版社 2013 年 5 月出版。

R e s u m e

爱情类

《爱情是文字最美的结局》

《恋爱诏书》

《爱欲修道院》

旅行类

《恋物百科》

一上市即登上卓越网络书店旅行畅销榜第二名，光合作用
书店畅销榜第四名。

《食物恋》

一上市即登卓越网络书店饮食文化类畅销榜第一名。

《希腊》

一上市即并列该书店畅销榜生活类／旅游类第一名、六月份
卓越新书畅销总榜第八名。北京国际旅游博览会希腊馆的
开幕式中，《希腊，一个把全世界蓝色都用光的地方》
（希腊大使馆专用版）作为希腊大使馆官方唯一指定用书参展。

地球与心灵类

《2012 心灵重生》

《做自己的先知——李欣频的印度灵修日记》

《2012 玛雅日历》

洞悉派作品

《秘密副作用：秘密里还有十个你不知道的秘密》

上市第一天引起抢购断货，两岸狂销 8 万册，半年紧急加印 6 次，口碑持续延烧中！

《爱情觉醒地图：让你受苦的是你对爱情的错误信念》

自上市以来，在当当网两性关系类一直位居热销榜前列。

新浪微博、腾讯微博@李欣频（已超过四百六十万粉丝）

媒体采访与相关合作事宜请洽罗小姐readers0811@gmail.com

图书在版编目（CIP）数据

放自己一年梦想假：李欣频的奢华极乐之旅/李欣频著.—北京：中信出版社，2014.1
ISBN 978–7–5086–3889–8
I.放… II.李… III.游记－作品集－中国－当代 IV.I267.4
中国版本图书馆CIP数据核字（2013）第 155238 号

放自己一年梦想假——李欣频的奢华极乐之旅

著　　者：李欣频
策划推广：中信出版社（China CITIC Press）
出版发行：中信出版集团股份有限公司
　　　　　（北京市朝阳区惠新东街甲 4 号富盛大厦 2 座　邮编　100029）
　　　　　（CITIC Publishing Group）
承 印 者：北京昊天国彩印刷有限公司

开　　本：787mm×1092mm　1/32
印　　张：7.25　　　　　　　　　　　　　　字　　数：130 千字
版　　次：2014 年 1 月第 1 版　　　　　　　印　　次：2014 年 1 月第 1 次印刷
广告经营许可证：京朝工商广字第 8087 号
书　　号：ISBN 978–7–5086–3889–8/I · 405
定　　价：35.00 元